TAKE
SHOBO

蒼き海の秘ごと
蛮族の王は攫われ姫の甘い海に沈む

月乃ひかり

Illustration
石田惠美

MOON DROPS

蒼き海の秘(ひめ)ごと
～蛮族の王は攫われ姫の甘い海に沈む

Contents

イラスト／石田惠美

蒼き海の秘（ひめ）ごと

蛮族の王は攫われ姫の甘い海に沈む

MOON DROPS

プロローグ

大木が風にあおられ、みしみしとしなるほどの嵐の夜だった。同じ日、同じ時刻に生を受けた二人の赤ん坊が産声を上げる。片方は王妃の部屋で、もう片方は妾妃の部屋で。生まれたのは、両方とも男児だった。一人は金色の髪に白い肌、もう一人は黒い髪に、身体には忌まわしい痣が刻まれていた。

この国では、痣をもって生まれた子は不吉とされる。前世から重い咎を背負っていると信じられていた。特に王家に生を受けた者は、国を亡ぼすと言い伝えられていた。

「――この子は、お諦め下さい。我が国の王家のしきたりです。夜明けに我々が処分いたします。どうかそれまで……」

赤子を産み落としたばかりの母親に残酷な言葉が伝えられる。

残された時間は少なかった。夜明けになればこの子と引き離されてしまう。そればかりか、赤ん坊の命まで奪われてしまうのだ。

「私を一人にしてちょうだい。残された時間を、この子と二人だけで過ごしたいの」

そう人払いをすると、まだ力の入らない身体に鞭打って、すぐさま手紙を書き、密かに信頼できる召使いを呼んである人の元に届けるよう手渡した。

それだけでも、産後の身体にはきつかった。それでも生まれたばかりの赤子にたっぷりとお乳を吸わせてから、いよいよ赤子を抱えて秘密の通路を伝い、城の地下水路にたどり着いた。この城には有事の時のため、いつでも地下水路から川に出られるよう一艘（そう）の舟が係留してある。

以前にも何度か舟を漕（こ）いだことはあるから大丈夫だ。母親は戸惑うことなく赤子を胸に抱いて舟に乗り、川面へと漕（こ）ぎだした。

懇意にしている隣国の女王に縋（すが）ろう。この子を彼女に預けさえすれば安心だ。隣国は川を挟んだ対岸にある。

だが思いのほか川の流れが速かった。嵐は通り過ぎたが水面はうねりを増し、舟は木の葉のように翻弄（ほんろう）された。対岸どころか、どんどん海に向かって流されていく。

すると上流から流れてきた大木の破片と衝突した衝撃で、母親が舟から落ち、川に呑み込まれてしまう。

赤ん坊だけが小舟の中に取り残されたまま、荒れ狂う大海原へと流されていった。

第一章　船上に舞い降りた青鷺(さぎ)

「ああ、海風が気持ちいい〜」

ファルネーゼ王国のフローリア王女は、久しぶりに帆船の甲板に出ると、さわやかな潮風を思い切り吸い込んだ。

南から吹く風は、あたたかく優しく撫(な)でるようにそよぎ、フローリアのローズブロンドの髪をなびかせた。

海面はまるで鏡のごとくキラキラと陽の光を反射し、二羽のカモメが帆船と追いかけっこをしながら、甲板の上を風に乗って飛んでいる。

「リアさま、ほらほら、日傘を忘れておいでですよ。海上に降り注ぐ日差しにじかに当たると白い肌が傷んでしまいますわ」

やれやれといった声音で、フローリア付きの女官であるアウラが気遣わしげに日傘を差し出した。

「だって、やっと気分が良くなったんですもの。久しぶりに太陽の日差しを思う存分、肌に感じたいわ」

フローリアが屈託のない声で、アウラを振り返って微笑んだ。

ここ数日もの間、ずっと重い船酔いに苦しめられていたのだ。ようやく吐き気からも解放され、昨日までの自分が嘘のように身体が軽く感じる。

「それもこれも、フランツ王子様の特効薬のおかげですね。まったくお優しい旦那様でいらっしゃること。早く体調を戻して、フランツ王子様のためにも初夜を無事にお迎えし、良き妻にならないといけませんわ」

兄王子の乳姉妹であり、小さな頃から姉のように慕っているアウラに夜の閨のことを仄(ほの)めかされ、フローリアは頬をぽっと赤らめた。

ファルネーゼ王国の末娘、第三王女フローリアは、父王や三人の兄王子、二人の姉王女に目の中に入れても痛くないほど愛がられて育った。母である王妃はフローリアが生まれて間もなく、流行病(はやりやまい)で亡くなってしまったが、母の愛情を補って余るほどの愛を注がれていた。

輿入れの年頃になると、幼い頃から密かに憧れを抱いていた隣国ラナンクルス王国、フランツ王子との婚儀を父王が整えてくれたのだ。かの国からは、昨年、フランツの妹がフローリアの国にも嫁いでおり、王族同士とても親しく交流している国でもある。

二人はフランツの所有する船上で華やかな結婚式を挙げた後、南の島に蜜月(ハネムーン)旅行に向かっている真っ最中だ。

普段は軍船であるというこの船は、今はフランツ王子によって、この上なく快適に過ごせるよう調えられていた。花の妖精とも謳われているフローリアに相応しく、船内にはあちこちに花が飾られ、花嫁を祝福すべくロマンティックな演出の数々に心が砕かれている。

二人の初夜も船の中のひときわ豪華な寝室で、恙なく執り行われる予定だった。そのためフローリア付きの女官らは寝室の準備にも余念がなかった。

寝室のベッドにはプルメリアの花がちりばめられ、船室にはほの甘い香りが漂っていた。女官たちの気遣いを受け、フローリアは純白の花びらの上で、フランツ王子にこの上なく優しく抱かれる筈であった。

しかし、ただ一つ、予想外の出来事が起こった。

その夜、フローリアが初夜を迎えるために寝室に入った途端、激しい船酔いに見舞われてしまう。

実は、船に乗り込んで外海に出たあたりから、胃がむかむかして気持ちが悪くなっていた。それでもフランツ王子を気遣うあまりに、具合が悪いことを言い出せなかったのだ。

だが、夜になってとうとう我慢の限界が訪れた。

その夜以降、船の中で食べることはおろか、昼夜問わず船酔いに悩まされ、満足に寝ることもできなくなったのである。もちろん初夜どころではない。

そんなフローリアを思いやり、フランツ王子は嫌な顔ひとつせず、夜通しフローリアの背中をさすって彼女の体を介抱してくれた。吐き気が次から次へと込み上げる中、自分を心配して心を砕いてくれる王子に申し訳なくて、予定どおり初夜を迎えられないことを詫びた。

するとフランツ王子は、咎めるどころか南の島に着いてからゆっくりと愛してあげる、と優しい言葉を返してくれたのだ。その言葉に気恥ずかしくなりながらも、フローリアは心が躍った。

頼もしい王子を伴侶に迎えることができて、自分は世界一幸せな花嫁に違いない。

フランツがいれば、なにも心配することはない。

ちょうど半年ほど前、フローリアの国の海域に侵入してきた他国の船との間で、武力衝突が勃発した。そのときも、国の危機を救ってくれたのはフランツだ。

同盟国であるラナンクルス王国から援軍が派遣され、フランツ王子自ら海軍を率いて応戦し、圧勝を収めたのだ。敵の猛烈な攻撃をものともせず、相手の船に果敢に攻め入り、その船団を壊滅させたという。

その功績から海の王子という渾名がついた。

今のフローリアの国が平和でいられるのも、すべてフランツのおかげだ。

ひとたび戦となれば勇猛果敢な戦士だというのに、普段はこんなにも優しくて見目麗しい。まるで童話から抜け出してきたかのような高貴な王子と結婚できたことが、夢のようで幸せだった。

「やぁ、フローリア、もう部屋から出てきて平気？　体調はどう？」

会いたかった人の声がして、ぱっと後ろを振り返る。フランツ王子が船長と一緒に操舵室から甲板にいるフローリアに近づいてきた。

フランツの爽やかな姿を見るや否や、フローリアの瞳が煌めき、満面の笑みが溢れる。

女官のアウラは、その反応を微笑ましそうに見守り、新婚の二人の邪魔をしないように、一歩下がってフローリアの後ろに控えた。

「はい、フランツ様。ご迷惑をおかけして申し訳ありません。まだ少し胃がムカムカしていますが、ようやく甲板に出られるようになりました。フランツ様がご用意下さったお薬のおかげです」

「君がたいそう苦しそうにしているのは見ていられないからね。確かに顔色は良くなった。でも無理はしないように」

フランツは、フローリアを引き寄せると、頬にそっと柔らかなキスを落とす。思いがけない愛情表現に、嬉しさを口元に滲ませながらも、瞳を伏せて乙女らしく恥じらった。

「ははは、王子。本当に可愛らしい奥方を娶られましたな。早く二人の初夜を南の島で迎えたいことでしょう。フローリア様、今、航路を最短ルートに変えています。いつもの航路を進めば七日はかかるところですが、明日の夜には着きますよ」

フランツとフローリアの結婚式は、海の友好を兼ねて港に停泊したこの船上で執り行われた。結婚式の後は、各国の王族や賓客、国民に祝福され蜜月旅行へと出港し、丸三日が過ぎた。その間、フローリアはほとんど船室から動けずにいた。

かいがいしく付ききりで看病してくれた女官のアウラや、フランツ王子が船医に調合させた特別な薬のおかげで、今朝になってようやく吐き気が収まり、四日目にしてやっと外の空気を吸うことができたのだ。

それでも、船に乗り慣れていないせいか、時折、ふらりと眩暈（めまい）がする。そんなフローリアにとって、船旅が少しでも短縮されるのは朗報だった。

明日の夜ということは、合計五日間で目的地に到着できることになる。

「全く、船長は余計なことを言うな。初夜よりもフローリアを早く楽にしてあげたいからね。僕が最短ルートを行くように船長に指示したのだよ」

「まぁ、私のために？　ありがとうございます。でも、いつものルートを外れては危なくはございませんか。ここの海域には、海賊が出ると聞いております。皆様を危険な目にあわせては……」

以前、父と兄がこの海域の海賊について話していたのを思い出し、フローリアは表情を曇らせた。

「確かに海の蛮族と呼ばれる海賊（ヴァイキング）がたまに出没することがあります。ただ、ご安心を。この帆船は早いし蛮族ごときの船など追いつけやしませんよ。なぁに、万が一、追いつけたとしても、フランツ王子の海兵たちがいれば、恐るるに足らず。先の戦のように、こてんぱんに打ちのめしてやりますよ」

恰幅のいい船長が自分の腹をパン、と打ち鳴らしながら豪快に笑った。

「フローリア、心配無用だよ。このあたりをうろつく蛮族どもは、先の海戦で我が軍の傭兵として雇い入れてやったのだ。むろんその働きに見合った報奨金もたっぷり与えている。この船の帆布には我が軍の紋章である隼が描かれているから、我らに恩を感じていても、襲ってくることはないよ」

フランツはにっこりと笑ってフローリアの手を取ると、二人きりで船首に向かって歩きだした。

ラナンクルス王国は、昔から海の戦に長けている。地上での戦に強いフローリアの国と、ラナンクルス王国が結婚により強い絆を結べば、向かうところ敵なしだろう。

気性も荒い海の蛮族をも従えて、戦に圧勝するほどなのだ。海の王子として一目置かれるフランツが言うのだから、きっと危険はないはずだ。

フローリアは心によぎった不安が取り払われると、ほっと肩の力を抜いてフランツに微笑んだ。

私はなんて素敵な男性を旦那様にしたのだろう。ついつい、うっとりと見つめてしまう。

とはいえ、まだ本当の夫婦ではない。

それでも妻としての夜の務めは既婚者の姉や女官のアウラから詳しく聞かされている。

ああ、早く南の島に行き、はれてフランツと結ばれて本当の夫婦になりたい。きっと優しく愛してくれるはずだ。

アウラに言われるまでもなく、身も心も捧げ良き妻となりたい――、心からそう思ってフランツの手をぎゅっと握り返したその時。

――バサッ、ばさばさっ！

黒い影が二人の頭上を掠め飛び、船の舳先に一羽の大きな鳥がとまった。

フローリアは、思わず目を大きく見開いた。

その鳥はすらりとして背が高く、灰色がかった青く光るような美しい羽をしていた。凛と伸びた細長い足の片方をくの字に曲げて、この船の行く先を静かに見つめている。まるでこの先に待ち受けている未来を予見する水先案内人のように。

「くそっ、青鷺だ」

フランツ王子が舌打ちをして吐き捨てるように言った。先ほどまでの柔和な口調とは違い、腹の底から出たような憎々しげな声音にフローリアは驚いた。

「あ、あおさぎ、ですか？」

「ああ、青鷺は我が海軍では不吉な鳥と言われているんだ。冥界に導く鳥という伝説がある」

「まぁ……」

フローリアは、静かに船首に佇み、海風を受けている青鷺を見た。気高く人を寄せ付けない雰囲気がある。それなのに不吉な鳥、と言われるのは少し可哀そうな気がした。きっと島から島へ渡る途中で、羽を休めているだけかもしれない。

言葉少なになったフローリアを見て、フランツがまた笑顔を作った。

「ああ、怖がらせてしまったね。あくまでも伝説だから気にすることはない。それに今から追い払ってやる」

フランツは握っていた手を離し、腰に下げた剣を抜いて足早に舳先に近づいた。

「あっ、フランツ様、まって！」

まさか傷つけてしまったりしないわよね？

私は怖くないからそのままで――、そう言おうとした時、その青鷺はただならぬ気配を感じたようだ。バサバサと大きく羽ばたき、フランツが追い払うより先にひらりと優雅に飛び立った。

青鷺は見上げるフローリアに何かを伝えるように、船の上を悠然と旋回した。

「くそ、早く消え失せろ！」

フランツが叫ぶと、すぅーっと高く舞い上がり、遥か海の彼方に飛んで見えなくなった。

第二章　激震の夜

　その夜、数日ぶりに甲板に出たせいか、思いのほか疲れたフローリアは、早めに休むことにした。

　具合の悪いフローリアを気遣って、船旅の間はフランツとの寝室は別だった。船酔いはだいぶ良くなったとはいえ、時折、浮遊感や小さな吐き気があるため、ひとりで休めるのはありがたかった。

　アウラに髪を洗ってもらい入浴を終えた後、薄手の真っ白なネグリジェに手早く着替える。

　船の揺れで倒れて火事にならないように、壁に固定されているランプの明かりを小さくすると、新月のせいか月の光も窓から差し込まずに真っ暗になる。それでも手探りで上かけをめくって寝台に潜り込んだ。

「さぁさ、お疲れになったでしょう。ゆっくり休んでくださいね」

「ええ、あなたも下がっていいわ、アウラ。だいぶ良くなったし、今夜は一晩中ついていなくても大丈夫よ」

「じゃあ、そうしますね。隣の部屋にいますから、何かあったら呼び鈴を鳴らしてくださいな」

「分かったわ。お休み、アウラ」

「お休みなさいませ」

アウラが退出した後、ほぅっと息を吐いて、目を閉じた。

明日の夜は、いよいよ南の島に到着だ。

そこで初夜を迎えるのだ。

そのことを考えると、胸がどきどきと高鳴る。フランツと肌を重ねるのはどんな気分なのかしら？

初めて男性を迎え入れるときは、どんな気持ちになるのだろう。不安とも期待ともつかないような思いが沸き上がる。女官たちが時々お喋りしていたように、天国に昇ったような感覚になるのだろうか。

『初めてのときは、だいぶ痛みがあるかもしれません』

アウラが婚儀の前日にそう言っていた。けれどもフランツと結ばれるのであれば、それぐらいは我慢できる。きっと自分を気遣って、全てを優しく進めてくれるだろう……。

フランツの凛々(りり)しい顔を思い浮かべてうとうとし始めたとき、昼間に見た青鷺の美しい姿が瞼(まぶた)の裏に浮かんだ。

……なんて美しい青鷺だったのかしら。

きっとどこかの島に行く途中だったのね。長旅に疲れて羽を休めていたに違いないわ。

もう少しゆっくり休ませてあげたかったな……。

とりとめもないことを考えていると、いつの間にかぐっすりと眠り込んでしまったようだ。


どれほどの時が経ったのか。

どこからかきな臭いような匂いがして、フローリアは寝返りを打った。

う……ん、なに？　この匂い……。

もしかして、火事――!?

はっとした時、扉を叩く大きな音で目がさめた。

「姫様、姫様っ！　大変です、すぐに逃げなければ！」

女官のアウラが蒼白な顔で飛び込んできた。

「アウラ、どうしたの？　まさか火事？」

まだ事態を飲み込めずにいるフローリアは、寝台に起き上がったままだ。

「姫様！　とりあえず甲板にいきましょう！　フランツ王子がきっと守ってくださいます。船室は危険です。万が一の沈没に備えて、甲板に向かいましょう」

「ちょっと待って、アウラ。火事なの？」

「――いえ、姫様、火事よりももっと怖ろしいことです。さぁ！」

訳が分からず、アウラの真剣な顔に圧倒されて、フローリアはその後について行った。

裸足のまま急いで船室から甲板に向かう。あまり使われていない狭い裏階段を上り甲板に近づくと、凄まじい怒号が聞こえてきた。

「一体何が起こっているの？」

「しっ、姫様、何者かの襲撃です。フランツ王子も船室にいらっしゃいませんでした。騒ぎが収まるまで甲板のどこかに隠れましょう」

もしかしたら、襲撃に巻き込まれるかもしれない。そんな恐怖が胸をよぎる。

でもアウラのいうとおり船室にいては、沈没したときに危険だ。フローリアは意を決して、アウラに続いて甲板に上がった。


新月の甲板は本来であれば真っ暗なはず。だがそこは昼間のように煌々(こうこう)と篝火(かがりび)が焚(た)かれ、上半身裸の筋肉隆々とした男たちが剣や槍(やり)、斧(おの)のようなものを持って、フランツ王子の訓練された海兵たちをいとも簡単になぎ倒していた。焼けた煤(すす)の臭いと、生ぐさい血の臭いが鼻を掠め、忘れかけていた吐き気がこみ上げる。フローリアのために甲板に飾られていた花も、無残に踏みしだかれ、あちこちに散らばっていた。

「ひっ……！」

先に甲板にあがったアウラもあまりの光景に身を竦ませる。

獰猛(どうもう)な海の蛮族の突然の襲撃に、フランツの海兵たちはただ、逃げ惑っていた。

「ふ、フランツ様は……?」

フローリアがよろよろと一歩前に踏み出すと、積み荷の陰から現れた大男とぶつかった。その男はフローリアに向かって、手に持っていた斧を振り下ろそうとした。

「ひ、姫様ぁ――!」

アウラがまるでこの世の終わりのような悲鳴をあげる。

大男は狙いを定めた獲物が若い女だと気がつくと、とっさに斧を振り下ろすのをやめ、フローリアの体を二つ折りにして肩に担ぎ上げた。

「いやぁ、なにするの! やめて、おろしてっ!」

「お前を、ザナルフにくれてやる」

足をばたつかせようとしたが、大男に足をがっしりと掴まれたまま担がれているので身動きが取れない。さらに頭が下になり、思わず吐き気がこみ上げる。大男は手慣れたように襲撃の間を縫って、フローリアをどこかへ連れて行く。

ときおり、すれ違いざまに断末魔の叫び声を耳にしたのは、この男が斧を振り下ろしたのだろう。

祈りの言葉さえも唱えることができず、込み上げる吐き気を堪えるのがやっとだった。

「ザナルフ! 若い女がいたぞ!」

どうやら連れてこられたのは船首らしい。

いきなり大男にどさりと甲板の床に落とされる。硬い羽目板に頬を打ち付け、あまりの痛みに一瞬息が止まりそうになる。涙まで込み上げてきたが、ぐっとこらえて顔を上げた。

するとと船首の舳先の向こうをまっすぐに見つめている、ひとりの男が目に入った。

上半身は他の男たちと同じく裸で、褐色の肌が篝火に照らされている。がっしりとしているのに無駄な筋肉などなく、とても均整のとれた体躯をしていた。

その背の高い男がゆっくりと振り返った。

フローリアを鋭く射抜くように見据える、深い深い夜の海のような瞳。

篝火に浮かび上がった男の背中から両肩にかけて、美しい紋様が施された紺碧の刺青が見えた。それはまるで羽ばたいている鳥の羽のようにも思えた。

あの、青鷺だわ……

なぜかその男に既視感を覚える。昼間見た青鷺が人の形となって舞い戻り、舳先に凛と佇んでいるのかと思った。

「裏切り者を先に連れて来い……！」

ザナルフと呼ばれた男が、大男に怒鳴る。

すると後ろ手に縄で縛られたフランツ王子が、蛮族たちに引っ立てられるようにして青鷺の男の前に突き出された。

周りにいた蛮族たちが次々と集まって歓声が上がる。いつのまにか、フランツ王子の海兵が見当たらなくなっている。小舟を降ろして逃げてしまったのかもしれない。

フローリアが逞しいと思っていたフランツ王子のその体は、この青鷺の男と比べると頼りなげに映る。

大男がフランツを跪かせると、足で頭を押さえて甲板に擦りつけた。これから起こることを予感し、フランツの体はガタガタと震えている。

「ふ、フランツ、さま……」

「これから、この王子に報復する。お前も見ろ」

大男がフローリアに向かって、これから面白い余興が始まるぞ、という期待のこもった笑みを見せた。この地獄のような光景と全くそぐわないその笑みに背筋が凍りつく。

いまから始まるのは、酒宴の余興などではない。

もっと、もっと、恐ろしいこと――

フローリアの心臓がどくりと気味悪く打つ。

大男が手に持っていた斧を青鷺の男に投げた。

緩く弧を描きながらくるくると回る斧を、これまで何度もそうしてきたかのように、青鷺の男はいとも簡単に受け止めた。

「――フランツ、お前がしたことを、その身をもって償ってもらう」

青鷺の男は、フランツ王子に冷たい声で言い渡す。

フローリアでも、その言葉は死刑執行の宣告を意味していると分かった。

いったいフランツが何をしたというの？　この男たちは、なぜこの船を襲ったの？

この船は襲われないのではなかったの？

なぜ？　なぜ——？

青鷺の男が、頭上でさっと斧を振り上げた。その刹那、後先を考えずにフローリアの身体が動き、フランツを庇うように彼に覆いかぶさった。

「お願い、お願い、殺さないで！　なんでもします！　私の夫を、フランツ様を殺さないで！」

フローリアは、ガタガタと震えるフランツを宥めるようにしがみつき、こんな声が自分にも出せたのかと思うほど、ありったけの声で叫んだ。

「夫……？」

頭上で青鷺の男の低く冷たい声が響く。

恐る恐る見上げると、青鷺の男が斧を脇に下ろして、眉根を寄せてフローリアを見ていた。

「お前はこの王子の女か？　この王子はお前の夫なのか？」

あまりの怖さに声が出ない。それでもフローリアは必死になって頷いた。

肌に生ぬるい風を感じたと思ったら、青鷺の男がフローリアのすぐそばに跪いた。逞しい手を伸ばしてほっそりした下顎を捉えると、顔をぐいと上向かせる。自分を見つめる氷のような青い瞳に、なぜか軽蔑の色が浮かんでいる。途端に恐ろしさが込み上げた。

男の指がフローリアの温度のなくなった唇をねっとりと撫でる。

「——名は？」

青鷺の男が低い声を発すると、ぞくりとした何かが背中を伝った。恐怖のような畏怖のような、今までに感じたことのない未知なる感覚。

「ふ、フローリア……」

力強い雄獅子(おじし)に組み伏せられた小動物のように、消え入るような声でフローリアが呟く。

「そうか、フローリア。いいことを思いついた。お前のフランツは、先の戦で水軍を率いた我々への報酬をいまだに支払っていない。だからお前をもらっていく」

そういうや否や、青鷺の男は、いきなりフローリアを担ぎあげた。

「いやっ！　いやっ！　離して！」

もがこうとすると、青鷺の男にお尻をぱん！　と叩かれた。まるで小さな子供が悪戯をしたときのお仕置きのように。その手の感触に思わずぴくんと身体が跳ねる。

大男がフランツの髪を摑んで上を向かせた。その顔は恐怖に怯えきっている。

青鷺の男が、フランツを蔑みの目で見下ろした。

「フランツ、お前はいまだに約束の金を支払っていない。いったい誰のおかげで戦に勝てたのか忘れてしまったのか。我が一族は騙(だま)されることは許さない。だが……」

青鷺の男が、くくっと笑う。

「この船の積み荷全てと、この女を俺に渡すなら、お前の命は助けてもいい。さぁ、どうする？」

片腕にフローリアを抱きかかえ、反対の手に斧をもった青鷺が、フランツを睨(ね)め付けた。

その言葉に、フローリアは愕然とした。

――この女を渡すなら、お前の命は助ける……

私は引き渡されてしまうの？　こんな野蛮な男に？

何でもするとは言ったが、まさか一人だけ連れていかれるとは思いもよらなかった。そんなことをされるぐらいなら、ここでフランツと一緒に息絶えたほうがまだましだ。

たった一人で蛮族の男に連れていかれてしまう。そう思うと、今までにない恐怖に全身が包まれた。

「いやっ、いやぁ！　フランツ様、お願い、助けて」

叫び声をあげ逃げようとするフローリアの腰に、青鷺の片腕がさらにぐっと力を込めて回り込む。

その時だ。

「うぉぉぉぉ――――っ！」

突然、物陰に潜んでいた船長が剣を振り上げて突進してきた。

まるでフローリアごと青鷺の男を突き刺すのも厭わないかのように。

青鷺の男は舌打ちして、とっさにフローリアに剣が当たらないようにくるりと向きを変えた。ひゅんっと斧を投げる音がしたかと思うと、一瞬にして船長の大きな身体が跪くフランツの眼前にゴロリと転がった。そのまま船長はピクリとも動かない。

フランツはわなわなと震えだして、叫び声をあげた。

「く、くれてやる！　その女が欲しいならくれてやる！　だから俺の命だけは助けてくれ！」

フランツが発した言葉に、フローリアは耳を疑った。彼に抱いていた信頼が粉々に砕け、頭が真っ白になって何も考えられない。

気がつけばフランツの帆船のすぐ傍に、機動力のありそうな小ぶりの船が横付けされていた。よく見ると黒い得体のしれない船が何隻も集結していて、大きな獲物に群がる蟻のようにこの船を取り囲んでいる。

青鷺の男はフローリアを抱きかかえたまま、黒船の中でもひときわ大きくて長さのある船にひょいと飛び移った。

見上げると、あの青鷺がマストの上に止まっていた。いや、目を凝らすとマストの上の帆布に青鷺が描かれている。周りの黒船にも、青鷺の印が付いた帆布が掲げられていた。

――冥界に導く鳥。

フランツが言ったとおり、自分は冥界に連れ去られてしまうのだろうか。

今から自分がどんな運命をたどるのか……、昨日までの幸せがあっけなくも崩れ去っていく。

海の蛮族の王らしき青鷺の男は、フローリアを抱きかかえて自分の帆船の甲板を悠然と歩く。甲板にいた上半身裸の蛮族たちは、フランツの船から攫(さら)った女が担がれているようす見て勝利の雄叫びを上げた。

浅黒い肌の男たちの中で、唯一真っ白なネグリジェを身につけ、透き通るような白い肌に、ローズブロンドの髪を垂らしたフローリアは異質で浮いていた。見渡しても、どこにも女はいない。

嫌な予感に、どくどくと心臓が早鐘を打つ。

青鷺の男はどんどん甲板を突き進む。周囲の男たちは冷やかしのような声で囃したて、ときおりぴゅーと指笛を吹いた。

「煩い。お前たちは、積み荷をすべて移せ！」

青鷺の男は冷やかす男たちに向かって怒鳴ると、フローリアを担ぎあげたまま階段を降り、船内の薄暗い廊下の先を目指している。

「いやぁ、お願い、やめて。国に帰りたい。誰か助けて！」

渾身の叫びは虚しく誰もいない廊下に響き、一番奥にある船室に連れ込まれるや否や、ひときわ大きな寝台にどさりと放り投げられた。すぐさま起き上がって戸口に向かおうとしたが、あえなく腰を掴まれてしまう。

「いやっ！　はなして！」

男の胸を思いきり拳でばたばたと狂ったように打ち付ける。すると両手首をいとも簡単に掴み上げられた。

ぶたれる！　と思った瞬間、ぬるっとした熱いもので唇を塞がれた。

「ううっ……」

自分が何をされているかもよく分からず、いきなり息苦しくなり、喘ぐように唇を開く。すると僅かに開いた隙間から、ヌルつくものが口腔の中に捩じ込まれた。

生々しい感触に肌がぞわりと粟だち震え上がったのも一瞬で、すぐさまフローリアの舌を何か熱い肉厚なものが搦めとる。

「落ち着け」

ゆるぎない意志を持ったように、男の舌がねっとりと絡みフローリアの口内を自分のもののように蹂躙する。

フローリアの小さな口は、嵐の海に浮かぶ小舟のように翻弄された。

「んっ……んんぅ……」

息を継ぐ合間に、熱い吐息が吹きこまれ、思わず眩暈がして男にもたれかかった。びくともしない逞しい身体に抱きとめられて、はっとして我に返る。

私は、何をしているの？

いいえ、いったいこれから、何をされるのだろう。

互いの舌と舌を絡め合うという卑猥な口づけらしきものに、この先どうなってしまうのだろうかという恐怖が渦巻いてくる。

剝き出しの胸に手を当てて押し返そうとするが、男の硬い筋肉に逆に押し戻され怖気づく。

唇を離そうとするもローズブロンドの巻き毛に大きな手を差し入れられ、さらにしっかりと固定されていては身動きもとれなかった。

　青鷺の男はフローリアの口内の全て味わい尽くすかのごとく、唇を押し付けた。ときおり舌根をきつく吸いながら、角度を変え口内をゆっくりと堪能するように貪り尽くす。

　どんなに胸を押しても硬い胸板はビクともしない。それどころか、熱い鼓動が手のひらから伝わってきて男の逞しさを伝えてくる。

「無駄だ、大人しくしろ……」

「ふ、うぅ……んっ……」

　男の舌はフローリアのそれと比べ物にならないほど肉厚で、ざらりとした表面が小さな舌を擦り上げた。口腔をゆっくりと嬲（なぶ）るように動き、そのすべてを我が物であるかのように犯していく。

「甘い、な……」

　男はなぜか楽し気に喉を鳴らした。

　すぐそばに感じる男の身体から潮の香りが立ち上り、フローリアの鼻腔を掠めた。王都で流行している男物の香水をつけているフランツとは違う、紛れもなく海の男だと伝えてくる。

「お前は、くせになるな……」

　ゆっくりと歯茎をなぞり、真珠のごとき歯をなぞられれば、フローリアの背中がぞわぞわと疼（うず）きだす。それは全身に広まっていき、頭までクラクラとしてきた。

だめ、だめ、こんな野蛮な男に恣にされるなんて、いやっ……！

男がさらにじっくり味わおうと口づけを深めようとしたとき、フローリアは咄嗟に歯に力を込めた。

「っ……！」

青鷺の男がぱっと離れ、ぎろりとフローリアを睨む。

近くで見れば、思いのほか端正な顔立ちで引き結ばれた唇から血がぽたりと流れて床に垂れる。男はまさかという顔をして、唇から滲み出た血を手の甲で拭いとった。

殺される……！

フローリアは、自分が後先考えずにしてしまったことに驚きを隠せない。

彼の唇を噛んでしまったのだ。

海の蛮族に逆らい傷をつけた——。

きっと、今すぐ殺されてしまう。

一瞬で身体から血の気が引き、蒼白な顔で恐怖に慄く。すると青鷺の喉奥から、くっくという笑い声が漏れ、瞳の奥が楽しげに揺れた。

「いい度胸だ。悪くない。お前を明日の夜、俺の妻にする。フランツのものは全て奪い取って俺の物にする。いいな」

そう言い残すと身を翻して戸口に向かう。

窓も何もない寝台だけの船室にフローリアをただ一人残して出て行った。外側から戸口にがちゃりと鍵をかける音が室内に響く。その音は、まるで重い碇（いかり）のように、フローリアの心の奥に沈んでいった。

第三章　娶りの儀式

どれほどの時間が過ぎたのだろう。ほんの数時間なのか、丸一日が経ったのか。

全速力で進んでいたと思われる船のスピードがゆっくりになった。殆ど揺れを感じなくなったとき、ふいに扉が開いて、フローリアよりやや年上の美しい女性が現れた。黒く長い髪を後ろで一つにまとめ、亜麻布らしき飾り気のないドレスを身に纏っている。貝殻の飾りのついた腰ひもでウエストを結んでいて、明らかにフローリアの国とは違う南国風の服を身に着けている。

てっきりあの男が現れるのかと思って身構えたフローリアは、ほぅっとして身体から力が抜けた。

「ああ、良かった。あなたは誰？　私をどこに連れて行くの？　一緒にいたアウラは無事？」

矢継ぎ早の質問に、その女は少し困った顔を向ける。

「王女様、ここはザナルフ様が統治する島です。私はこの島で治療師をしているキリエと申します。側付きのアウラ様にも、あなたが大人しくされていれば会うことができるでしょう」

「ああ、よかった――。アウラは無事なのね。お願い、アウラに会わせて。そして、私を国に帰してほしいの」

キリエという女はすげなく首を横に振る。

「帰ることは、できません。あなたはザナルフ様の高貴な戦利品。きっと今夜……、儀式が行われるでしょう」

「儀式？　なんの儀式が行われるの？」

含みのある女の言葉に、フローリアの不安が増す。

「ザナルフ様はいたくあなたをお気に召した様子。きっと娶りの儀式が行われます」

「め、娶りの儀式？」

キリエはゆっくりと頷いた。

「ええ、この島では男が略奪した女を島に連れて来たとき、自分の物だという印つけるのです。皆の目の前で」

「じ、自分の物……だという印？　なぜ？」

「……その昔、この島にそれは美しい姫君が流れ着きました。島では、男たちがその姫君を巡って血みどろの恐ろしい争いが起こったそうです。結局その姫は、海に身投げをして争いを収めました。その姫は、海の底で真珠に姿を変えたと信じられています。それを教訓に、この島に流れ着いたり連れてこられたりした高貴な女性は、この島で初めて契りを結んだ男のものになるという掟ができました。女を取り合って男たちの無用な争いが起きないようにするのです。島の者は、娶りの儀式と呼んでいます」

「私には当てはまらないわ。だって私は既に結婚しているもの。フランツ様と」

到底納得できないことを聞いて、フローリアが異を唱えたにも関わらずキリエは無言で首を振る。その瞳は、この島に連れてこられたからには、この島の掟に従うほかはないと伝えているようだった。

「さぁ、ザナルフ様がお待ちかねです」

「あっ……」

なんとか祖国へ帰してもらえるよう策を練る間もなく、すぐに船室から連れ出されてしまう。キリエの他に、同じような服装をした島民と思われる女たちが現れて、フローリアを先導し、黒船から降ろされた。

外に出ると、島全体に島民の家らしき明かりが灯っていた。

身体に纏わりつくような、潮の香りの入り混じった生温い風が吹いている。月がなく真っ暗な夜空は、まるでフローリアの心の中のようだ。

「さぁ、王女様、こちらへ」

港の桟橋からほど近い島の広場のような所には篝火が焚かれ、すでに男たちの祝宴がはじまっていた。さきほどフランツと闘っていた蛮族の戦士たちは、戦勝に沸き立って思い思いに浮かれ騒いでいる。

前方を見ると、ひと際高くて広い平らな岩のような所に絨毯が敷かれている。まるでその岩自体が玉座のようだ。その上に、ひとり寛いで腰かけているのは、あの青鷺の男だった。この島の王だというザナルフは、玉座から戦士たちが祝う様子をじっと眺めている。他の島民とは違う、なんとも言えない威圧感が漂っていた。

フローリアに気が付くと、近くに来いと手で合図した。

「ここに来い。腹は空いてないか？」

ザナルフは、自分のすぐ隣にフローリアを座らせた。一緒についてきた島民の女たちには手を振って、下がれと伝える。キリエだけは、そのままフローリアのほど近くに静かに控えていた。

目の前には、葡萄酒や美味しそうな魚や貝、南国の果物の数々が並べられていたが、フローリアは全く空腹を感じなかった。先ほどキリエが言っていた娶りの儀式というものが本当に行われるのか不安で仕方がない。

この男は、いったい私をどうしようというの？　まさか人妻である私に娶りの儀式を行うつもりなのだろうか。

「あの、どうかお願いします。私を国に、フランツ様のところに帰して……」

「お前を俺にくれたのはフランツ王子ではなかったかな？　自分の命と引き換えに」

「……っ」

フローリアはきゅっと唇を噛んだ。そのことは言われたくなかった。なぜならフローリアでさえ、信じられずにいるのだから。

「俺なら自分の女を他の男に触れさせたりはしない。たとえ、自分の命と引き換えにしてもな」

ザナルフは独り言のように呟くと、葡萄酒の杯を持って立ち上がった。

すぐ隣にいたフローリアはびくりとする。

ザナルフが島の言葉で何かを大声で叫びながら杯を高く掲げた。すると、宴に興じていた蛮族の男達から喝采が湧く。宴は最高潮に達しているようだ。

フローリアの考えもつかない何かが始まろうとしている。

いやな予感が脳裏を掠め、何を言っていたのか教えて欲しいというような眼差しをキリエに向ける。するとキリエは一瞬ぎゅっと唇を引き結んだあと、フローリアにだけ聞こえるように言った。

「……フランツ王子から宝を奪ったと言っています。今からその宝と娶りの儀式――、契りを行うとザナルフが言いました」

フローリアは、驚きのあまり声が出なかった。

――まさか、こんなに人のいる前で？

蒼白になって、信じられないという顔でザナルフを見上げる。

娶りの儀式、夫婦の契りというのは初夜の事に違いない。ならば、なぜ、こんな外で娶りの儀式とやらをするのだろう。

フローリアにとって初夜とは、純白のリネンのベッドの上で、夫となる男性に静かに横たえられて結ばれるものだ。

フランツがくれてやるとは言ったものの、フローリアは自分がザナルフのものにさせられること自体、納得がいっていない。

なんとか逃げようとしても、恐怖で手や足の先まで冷たくなってしまっている。抗議の声をあげようとしたとき、ザナルフはフローリアの華奢な腰をひょいと掬い上げて、立ち上がらせた。

「その木に摑まるんだ」

フローリアのすぐ近くには、かなりの樹齢と思われるデイゴの木が生えていた。濃い朱色の花が咲き誇り、篝火に艶めかしく浮かび上がっている。その木に摑まれとはいったい何をするつもりなのだろう。

「わ、私はフランツ様のものです」

それが免罪符であるかのように言うと、ザナルフが舌打ちした。

「だが、フランツは自分の命と引き換えにお前を売った。そんな男に義理立てしてどうする」

フローリアの心がずきんと痛む。

あの優しいフランツに見捨てられたのだと思うと、堪えていた涙が溢れ出そうになる。

でも、自分が傷ついているのをこの男に知られたくない。フローリアは瞬きを我慢し、込み上げる涙をその瞳にため込んだ。

フローリアが躊躇していると酒の酔いも回っているのか、蛮族の男たちから、せかすように不満のような声があがる。

「――いい子だ。フランツよりいい思いをさせてやろう。そら」

「あっ」

強引に目の前のデイゴの幹に身体を押し付けられた。上半身をぴったりと幹にしがみつかされ、腰だけぐいと引かれて尻を突き出すような格好にさせられる。

「ひ、姫さまっ……」

少し離れた場所に、女らと共にいるアウラが目の端に映った。アウラは悲壮な顔でフローリアを見つめたあと、ぎゅっと目を瞑って顔を背けた。

ザナルフは、満足げにフローリアのすぐ後ろに立った。長い寝巻の裾を捲りあげて、下着をなかば引きちぎるようにあっけなく取り払う。

あっと思った瞬間には、真っ白なお尻が剝き出しになっていた。

「小さくて可愛い尻だ」

「や、やめて……んっ」

大きな手が伸びて、晒け出された臀部を両手で包み込むように撫でられた。その感触に、怖さとは違う震えが全身に走る。

まるで見せしめのように皆が見ている前で、この男のものにされてしまうのだろうか。

フランツは、こうなることを分かっていながら、くれてやると言ったのだろうか。

「フランツとどちらが悦いかすぐに思い知る。キリエ、香油を」

心の中を見透かされたようにすぐ耳元で囁かれた。

治療師でもあるキリエが近づいて、なにか妖しげな香りのする液体の入った器をザナルフに差し出した。ザナルフはその液体に手を浸すと、たっぷりと掬い上げた。フローリアの脚の付け根に向かってその手をぬるりと差し入れる。

これまで誰にも触れられたことのない密やかな場所に、男の節くれだった太い指が触れる。

指先からぞわりとした疼きが広がった。花びらの合わせ目に沿って、それがゆっくりと撫で上がる。

「あぁっ……！」

敏感な部分を他人に——、しかも男に触れられて、思わず背が仰け反った。

その反応にザナルフが楽し気に喉を鳴らす。

「いい子にしてろ。ここはまるで処女のように閉じて硬いままだ。すぐに解してやろう」

香油を余すところなく塗り付けるように、ぬるぬると何度も秘やかな割れ目に沿って這わせていく。

「やぁっ、あっ、だめっ、っ……ん」

「可愛い花びらだ。薄桃色の蕾のようだな。どれ、そろそろ開いてきたか」

媚肉（びにく）のあわいを中指で押し広げながら、くにゅりと撫でられた。

熱い指の感触が肉びらの内側から伝わってきて、フローリアはこれから何をされるのか分からずに震え上がる。

「なんと、花びらがしっとりして手に吸いついてくる。極上の絹のようだな。ずっと触れていたくなる」

「やぁっ……、ん……、あんっ……」

デイゴの幹に縋るようにしがみついたもののあっけなく尻肉を開かれる。男の手が伸びて花びらの感触を堪能するように弄ばれた。ぞくぞくとした甘い痺（しび）れが駆け抜けて、全身の肌が総毛だつ。

「お前の肌は透き通るほど白いのに、女陰はデイゴの花のように鮮やかな朱色だな」

無垢な恥部に触れられて、フローリアは息が止まりそうになった。なぜ、こんな不浄の場所に手で触れるのかが分からない。いつもは、湯あみの時に自分で石鹸をつけて洗うぐらいだ。

男に、それも蛮族の男に慰みもののように触れられているという恥辱が込み上げた。

人前で不浄の場所を指でいじられ、曝（あば）かれることで罰されているのだろうか。

――いや、それならばもっと乱暴にするはずだ。なのにこの男は、丁寧に優しくフローリアの柔襞（やわひだ）を解（ほぐ）していく。まるでそれが極上の褒美だといわんばかりに、触れることを愉しんでいるようだ。

「くっ……、ふっ……」

——ああ、だめ。声をだしちゃ、だめ。

そう思っても身の内からじわりと甘い疼きが込み上げてきて、内腿がわなわなと震えてくる。

はしたなくも感じていることを悟られたくはない。

必死に我慢しようとして、お尻をきゅんっと引き締めた。すぐさまもう片方の手で尻肉を摑まれ、よけいに開かれてしまう。

「やっ、見えちゃう……、こんなところで……、んっ、触らないでっ」

フローリアは逃れようと腰を動かすと、背後から唸るような声が聞こえた。

「そんな風に尻を振ったら逆効果だ。この香油には媚薬の成分が混じっている。恥ずかしさなどすぐに吹き飛んでしまうだろう」

ザナルフが、また香油を掬って秘裂に指を這わせてぬるぬると擦りつける。媚肉の割れ目をさらに押し拓くように硬い指が潜り込んできた。

フローリアは堪らず声をあげてひくんと背をしならせた。

「ひやぁっ……！　やぁっ、んっ」

「綺麗な色だ。すぐに気持ちよくなる」

ほんの少し指先を中に沈ませた。震える肉びらをひとつひとつ捲り上げるように、じっとりと動く。

「たっぷりと香油を塗ってやろう。ここにも……、ここにも」

割れ目の上に潜んでいた小さな秘玉を探り当て、指先でトントンと触れる。思いもかけない甘さを伴うびりびりとした刺激が伝わった。

「ひゃぁうっ」

「うん、ここも可愛い。だいぶ小さいが、ちゃんと膨れてきてる」

ほら、分かるだろう？　と教え込むように、小さな芯の上からゆっくりと円を描いた。

「そんなところ、ああ……──ッ」

瞬間、雷に打たれたような痺れが全身を駆け抜けた。

フローリアは、はしたなくもザナルフにお尻を突き出したまま、声も出せずに、ぴくぴくとうち震える。

今は新月の闇夜。二人を照らしているのは妖し気に焚かれている篝火だけだ。それなのに目の前は閃光が炸裂したように真っ白になって、何が起こったのかさえ分からなかった。

「お前はだいぶ感じやすい。もうイってしまったか。フランツはここをたっぷり可愛がって、慣らしてはくれなかったのか？」

「ひぁ、や、ふっ……、おねがい……」

フローリアは息も絶え絶えに懇願した。これ以上辱められては、自分が自分でなくなってしまう。

「ふ、可愛いお願いだ。その胸の蕾も可愛がってやりたいところだが、他の男には見せたくない。後ろからなら、この蜜を滴らせた花びらも他の奴らからは見えないからな。大丈夫、ここを可愛がっている俺の姿ぐらいしか見えてない。このままお前が俺のものだということを皆に分からせてやろう」

耳元をくすぐるように響くザナルフの声にぞくりとする。媚薬入りだという香油のせいなのだろうか。

身体がぽかぽかと熱くなってきて、すぐ後ろにいるザナルフの息遣いにまで、フローリアの肌が妖しくざわつきだした。全身の肌という肌が覚醒したように敏感になり、寝巻が少し擦れるだけでも甘痛い疼きが湧いてくる。

「こんな可愛い尻は見たことがない。天女のように美しい」

逞しい手がお尻の丸みにあてがわれ、指が感触を確かめるようにやわやわと揉(も)みしだく。

フローリアはぴくぴくと身悶(もだ)えしながら呻(うめ)きを漏らした。自分のものではないような声に、耳を塞ぎたくなる。まるで雌猫が番(つが)っているときに漏らす、淫らな声のよう。

いったい私に何が起こったというの？

なぜか身体のあちこちに火が付いたように無性に熱い。

胸の先が痛いほどじくじくと疼いている。そればかりか、さきほどザナルフに触れられた秘所の奥、自分でも膨らんでいると分かるところも疼きだしてきた。

フローリアはどうしていいかわからずに、鼻から切ない声をあげてお尻をもじもじさせた。

「我慢しなくていい。もっとよがって可愛い声をあげろ」

フローリアは、消えゆきそうな理性を追いかけて、いやいやと首を振った。

違う。感じてなんていない。こんな声を出しているのは、私じゃない。

なのに媚肉が物欲し気にひくひくと戦慄（わなな）いている。

ザナルフは耳元でくすりと忍び笑いを漏らした。

とろりとした液体がまるで粗相したように蜜口から溢れて、太腿を伝い落ちた。何が溢れ出したのかよく分からない。でもそれが、淑女のものではない、はしたないものだということだけは分かる。

「ほう、いやらしい蜜がどんどん溢れてきた。どうやら媚薬が効いてきたようだ。もう香油は必要なさそうだな」

ザナルフは、そばにいたキリエに手を振って下がらせた。玉座のある台には、ザナルフとデイゴの木にしがみついているフローリアの姿だけが篝火に浮かび上がっている。

フローリアの視界が涙で滲む。せめて生い茂る葉や花が、自分のはしたない姿を隠してくれますように……。

「あっ、ひんっ……！」

ザナルフの指が粘液を滴らせている蜜口にあてがわれた。そこから、くすぐったいような得も言われぬ甘い感覚が広がっていく。

「お前の蜜は甘く匂って下半身にクるな……おかしくなりそうだ」

たっぷりと滴る蜜を掬い上げると、そのままじわじわと這い上る。肉びらをゆっくり押し広げながら、小さな快楽の昂ぶりを指の腹でくりっと捏（こ）ねた。

「ここが好きか？」

「ひやぁっ、あんっ、あぁっ――……」

甘くて強烈な刺激。

鋭い愉悦が駆け上り、フローリアの理性を奪い去る。指がいっそういやらしくなり、強引に剝き出された花芯を続けざまにくにゅくにゅと弄（もてあそ）ばれては、正気ではいられなくなる。

「ひぁっ……、ゃ……あんっ。あぁぁっ……――」

「どうやらフランツは、ここを存分に可愛がってないようだな。よがる姿がなんと艶めかしい。それ、もっとイけ」

涙目で見返すと、ザナルフは忍び笑いながら耳元で囁いている。漆黒（しっこく）の闇のようなその瞳にはあからさまな雄の欲が灯り、煌々と照りつける篝火よりも明るく照らし出されていた。

何をされるか、怖い。いいえ、自分がどうなってしまうのか、怖い。

もう許してほしかった。

やめてと懇願したいのに、媚薬の効果もあいまって身体は悦びに震え、これ以上ないほどに熱くなる。

「フランツは教えてくれなかったのか？　まるで初めてのように敏感で可愛らしい。」

フローリアは訳が分からず、せめて抗おうと首を振る。

何を教えてもらうというの？　初夜でさえ、まだだったというのに。

ザナルフはなおもフローリアの敏感な箇所を淫猥に指で弄んでくる。

「ああ、このいやらしい粒の感触が男を惹きつける。捏ねまわして舐(な)めてしゃぶりたくなる。お前は甘い匂いを放つ極上の蜜と、男を虜にする真珠の粒を持っている」

「あっ、そこっ……、や……、ひぁ、あぁっ……」

ザナルフの指が大きく動き、真珠の粒、と称した淫核を執拗(しつよう)に攻め立てた。膨れて角ぐんだ突起を指で揺さぶったり、ゆるゆると円を描いて撫で回してくる。まるで、フローリアの心をも掻(か)き乱すように。

ぐちゅ、にゅぷ、にゅる……。

はしたない水音をたてる刺激に、くらくらするほどの気持ちよさが溢れてくる。ただなされるがまま、息を乱すことしかできない。

フローリアは、与えられる快感と恥辱に必死に戦っていた。

逃げ出したいのに、身体はデイゴの幹にしがみつきながら腰をいやらしく振り立てている。

尻を男に晒して、卑猥なダンスを披露しているようだ。まるで、もっと弄ってほしいと強請(ねだ)っているように。

「ああ、お前の蜜でぬるぬるだ。肉芽もこんなにもぷっくりと膨れてきた。分かるか？」

フローリアは、耐え切れずに甘い悲鳴を漏らす。相変わらずザナルフは、逞しい肉体でぴったりと覆いかぶさりながら、その指でフローリアを翻弄する。

いつの間にか下肢がびしょびしょに濡れているのに気が付いた。汐のようなものが吹きこぼれてしまっている。

「なんと芳しい甘い味だ。ほら、舐めてみろ」

こともあろうに、ザナルフは不浄の場所から蜜を掬って、自分でもぺろっとひと舐めすると、その指をフローリアの口の中につぷりと差し入れた。

「どうだ？　お前の味は。希少な花の蜜のようだろう？」

口の中にザナルフの太い指がぬぷぬぷと出し入れされる。フローリアは力なく、されるがままザナルフの指を舐めた。それがどんな味なのかなど分からない。ただ頭の中が朦朧として、ザナルフの指を必死にしゃぶる。

「ふ、媚薬がかなり効いてきたようだ。そろそろ、いいだろう……」

ふいに指が抜かれて、一瞬で世界が変わったような喪失感を覚えた。頭に霞がかかったようにぼやけていて自分が今、何をしているのかも分からない。

全身がただ熱くて、冷たい空気を求めて開けた口から、涎がだらしなく零れ落ちた。

弄ぶ主のいなくなった花園が、じくじくと甘く疼いてやるせない。

――この疼きをどうにかしてほしい。

そう思ったとき、ベルトを外すような音が聞こえて歓声のようなものが沸き上がった。

騒いでいるのは誰？　ここはどこなのだろう。ああ、身体が熱い。どうにかなってしまいそう……。

ふたたび後ろから汗ばんだ身体が覆いかぶさってきた。尻肉になにか凶器のような熱くて硬い昂りが押し付けられる。

切っ先が尻肉の隙間から、にゅるりと太腿の間に入ってきた。みゃくみゃくとした太いものが、花びらに擦れて、堪らない快感が込み上げる。

「ひぁん……」

「――っ、お前の花びらは、やはり極上だ。ナカに挿入れたらどんな気持ちになるのだろうな……」

すぐ耳元で熱い吐息が頬を掠め、痺れるような甘い声が脳髄に囁いた。

ザナルフが太幹を抜くと、まるでフローリアの内臓までもが引き摺りだされてしまいそうな錯覚を覚える。

熱くてひと際太くて、長い。まるで生き物のように脈打っている。

フローリアの秘唇が、いましがた与えられた太幹を物欲しそうに強請って、いやらしくヒクついている。

「ふ、いい子だ。そのまま足を閉じていろ」

「ひぁぁっ……」

まるで蛇の頭のような大きな括れのあるものが、蜜の滴るあわいにぬぷりと押し入ってきた。尻の方から入り、花びらを押し広げながら、その先端が腹の方からずいっと顔を出す。

足の間に収まりきらないほどの存在に、フローリアは震えだした。よく分からない太い肉の塊が、秘部を滑るように蠢いている。

フローリアの淫唇のぬめりや柔らかな感触を愉しむように、ぬぷぬぷと出し入れが始まった。

「はぁっ……ン、あんっ、あぁっ……」

濡れそぼった襞が、生まれて初めて感じる歓喜に騒めきだす。

雁首がフローリアの剝き出しの肉粒を押し潰しては、張り出したエラで引っかいている。とんでもなくいやらしいことをされている。心ではそう分かっているのに、逃げ出したくても腰から下の力が抜けてしまって立っているのがやっとだ。

ただ脚の付け根から込み上げる甘い快感に必死で耐えることしかできない。

「あふっ……、あぁん……」

「っ……、いい子だ。もう少し、我慢しろ」

髪の毛にちゅっと音をたてて、ザナルフの唇が触れた気がした。

ザナルフは大きく腰を前後させて動きを速めると、さらに大きな歓声が沸いた。周りで何が起こっているのか、媚薬のせいで視界の先が霞んで、辺りの様子がよく分からない。

蜜に塗（まみ）れた秘処の狭間にある熱いもの。その存在しか感じられなくなる。手足までもが蕩(とろ)けだしそうな感じがして、デイゴの幹にぎゅっと追い縋った。

「ふっ、んっ、んっ……」

「可愛いな。花びらが纏わりついて、俺にしがみ付いてくる。お前は極上の宝だ」

後ろからまるで獣のように犯されている。なのに、どうしてこんなにも心地いいの？

ときおりザナルフが尻を撫でて愛撫する。堪らなく優しく、いたわるように。

いつのまにかフローリア自身も、ザナルフの動きに合わせてお尻を振っていた。擦りつけられる熱いものをもっと身体のナカに感じたくなる。その想いが強く湧き上がって、切ないほどだ。

「……っふ、んっ、もっと、奥……」

腰の奥の方が疼いてしまって、耐えがたいほど苦しい。フローリアでさえ分からない場所にザナルフを感じたい。

未知のなにかを期待して、ひくひくと媚肉が震え、淫らにも蜜が吹きこぼれる。

「――っ、煽るな、いい子だから。今は、まだ……」

ザナルフの吐息が荒い。それでも猛然と抽挿を速めて、フローリアの花びらや熟れて剝き出しになった淫芽をグチュグチュに攻め立てた。

「ひぁ、あんっ、あぁ……――ッ」

四肢が喜悦に湧く。

ザナルフが男根をぬぷっと深く突き立てると、淫唇がうねって雄茎をぎゅっと咥えこん

だ。

「──っ、射精(だ)すぞッ」

身体ごと呑み込まれてしまいそうなほど、ぐっと覆いかぶさってきた。背中に重なる汗ばんだ身体。立ち上る艶めかしい雄の匂い。

太腿の狭間に咥えこまされた太い茎が、ひときわ大きく脈打った。ビクンビクンと切っ先を荒ぶらせて、白濁を勢いよく吐き出している。

「──く、ぁッ……」

背後から逞しい腕にぎゅっと抱きしめられた。ザナルフが胴震いすると、腹に熱くてどろりとした飛沫がビュクビュクと降りかかる。

「ザナ、ルフ……」

「──フローリア、誰にも渡さない。お前は俺のものだ」

耳元で囁かれた言葉が、頭の中に響き渡る。

──誰にも渡さない。そう言って欲しかった人は、もういない。

フローリアは、もうデイゴの幹に摑まる力も残ってはいなかった。摑んでいた手が力なく垂れると、倒れ込む前にがっしりとした腕に抱きとめられた。

篝火の熱、男たちの歓声、下腹部に粘つく熱いもの。

視界の端に映ったのは、アウラの悲壮な表情(かお)。

それらすべてをどこか絵空事のように感じながら、フローリアの身体の感覚がなくなった。

　ぐったりとした身体を誰かが優しく包んでくれている。

「いい子だ。よく頑張った。もうお前はこの島でも安全だ……」

　耳元に吹きかかる微かな吐息を感じながら、フローリアの意識は深い海の底に沈んでいった。

第四章　見えなかった真実

「めさま……、姫さま……」

　聞きなれたアウラの声に、フローリアは重い瞼を開けた。どこからかそよぐ潮風が肌を撫でて気持ちがいい。なのに、なにかとてつもなく怖い夢を見た気がする。蛮族の王に攫われて淫らなことをされてしまう夢——。

　でもアウラの声にほっとする。まさか、自分の夫となったフランツが私を蛮族になど渡すはずがない。

「ん……、アウラなの？　ここはどこ？　もう、南の島へはついた？」

　フローリアは目を擦りながらゆっくりと起き上がった。いつもの朝とはどこか違う。身体の動きがぎこちなく、頭もずっしりと重くて痛い。起き上がった時に、なぜか下肢がひりひりした。

「おお、姫様……、なんとおいたわしい……」

　いつも冷静なアウラが、ベッドに打ち伏して泣き出した。

「アウラ……？　なんで泣いて……」

　フローリアは、目をぱちぱちと瞬いた。今自分がいるのは見たことのない部屋。武骨ともいえるような簡素で飾りけのない大きなベッドの上にいる。しかも、いつもフローリアが寝ている上質なシルクのシーツではなく、まっさらで洗いざらしの木綿。南の島に行くために乗船していたフランツの船の豪奢な船室でもない。

　目の前には、壁紙さえも貼られていない剝き出しの石の壁。ぽっかりと開いた四角い大きな窓らしきものの向こうには、ガラスなどは嵌めこまれておらず、どこまで続く青い海が見える。すでに陽は高く昇り、昼の気配が見て取れた。

「ま、まさか……」

　嘘でしょう――。途端に心臓が狂ったような鼓動を打ち始めた。

　夢だとばかり思っていたことが現実となって押し寄せてくる。

　甲板での戦士たちの怒号、フランツの裏切り、そして、青鷺の男、ザナルフとの淫らな儀式。

「こ、ここはどこ？」

「ここは、マグメル島だ。海に浮かぶ幻の島とも言われている」

　厚みのある木のドアを開けて入ってきたのは、青鷺の男、ザナルフだった。夕べは夜だったこともあり、その外見をじっくり観察することはできなかった。なんといっても自分の身に降りかかった恐ろしい体験のせいで、邪悪な神の化身のように思われたザナルフは、以外にも精悍で整った顔立ちをしていた。黒瑪瑙を糸にしたような漆黒の髪、海で育ってきたとわかる陽に灼けた肌、深い海の水を湛えたような紺碧の瞳。

一点の翳りもないまっすぐな瞳にじっと見つめられ、フローリアは吸い込まれてしまいそうな錯覚を覚えて、ふるっと身震いした。

「ひ、姫様は、まだお着替えが済んでいません……！　どうかお引き取りを」

フローリアを庇うように、アウラが両手を広げてザナルフとの間に立ちはだかった。まるでザナルフが今にもフローリアを喰らいつくさんとでも言わんばかりに、挑むような目を向けている。

「お前は、アウラ、だったか？　なかなか気骨のある召使いだ。主人を守る召使いはそうでなくては困る。だが――」

ザナルフはアウラに近づくと、庇うように横に広げていた両手をそっと降ろさせた。

「フローリアは、昨夜の儀式で正式に俺の花嫁になった。自分の物となったからには、命を賭しても俺が守る」

フローリアのいるベッドの端にどっかりと腰を落とすと、思いがけず柔らかな微笑みを向けてきた。

嵐のような一夜のせいで心臓が壊れてしまったのだろうか。なぜかその笑みに、ときめいたようにとくんと音が鳴る。

「身体は大丈夫か？　儀式では可愛がり過ぎた」

「あっ……」

フローリアの細い顎を摑まれ、ザナルフの方を向かされた。逞しい手の感触。太い指が肌をなぞる。昨夜のことが思い出されて、途端に唇が小刻みに震えだす。

怖いからではない。夕べはされるがままに淫らな痴態を晒したのが恥ずかしい。この男の手が、自分でさえ知らなかった禁断の花園に入り込み、弄んだのだ。

「ふ、やはりお前はフランツにはもったいない」

ゆっくりとザナルフの顔が近づいたかと思えば、ちゅっと音を立てて唇を重ねられた。突然のことに瞠目し、一瞬、思考が停止して真っ白になる。我に返った時には、もうザナルフは離れていた。

「この島は安全だ。夕べの儀式で、お前が俺のものとなったことを皆が知っている。お前に危害を加えるものはない。俺がいない間、自由に島を歩いていいが、逃げることは許さない」

ザナルフはフローリアの小さな手を握って、同意を求めるように見つめてきた。

「わ、私はこの島にいても何の役にも立ちません。だから、国に帰してほしいの」

するとザナルフの目がぎらりと光った。

「国に戻ってどうする？　お前を捨てたフランツのところに戻るのか？　フランツはさぞ、気まずいだろうな。きっとお前を助けようとしたが死んでしまったとでも言って、悲嘆にくれる王子を演じているだろう。戻ってもお前の居場所はあるのか？」

「――っ」

その言葉は、ぐさりとフローリアの胸に突き刺さった。今まで堪えていた気持ちが涙となって、ぽろぽろと溢れだす。多分、この男の言うとおりなのだ。

神聖な教会で、死が二人を分かつまでと愛を誓ったにもかかわらず、フランツはフローリアの命より自分の命を選んだのだ。私がフランツの所に戻ったところで、居場所などない。初夜の役目も満足に果たせなかった取るに足らない王女なのだ。

「――っ、ひっく、うっ……」

堰を切ったように涙が溢れて止まらない。この男の目の前で、こんな弱い姿を見せたくはないのに――。

「――ああ、もう。俺というやつは……」

ザナルフが困ったように頭を掻きむしった。

「すまない。今のは言い過ぎた。こちらに来い」

そう言ってフローリアを軽々と抱きあげると、その胸にぎゅっと抱きしめた。ザナルフの力強い鼓動がどくどくと伝わってくる。そっと背中を撫でさすり、まるで壊れやすい大事な宝物であるかのように包みこまれた。

「フローリア、お前を傷つけようとして言ったんじゃない。許してくれ、いい子だから」

いったいどうしてしまったんだろう。この男に攫われて辱めを受けたというのに、ザナルフに抱きしめられていると、安堵の気持ちがじんわりと広がっていく。

「それに、お前は勇敢だった。命がけでフランツを守ったんだからな。あいつにはもったいないほどの女性だ。だから、泣くな」

小さな子をあやすようによしよし、と背中をぽんぽんされて、気恥ずかしくなる。

「おいで、このまま、少し砂浜を散歩しよう」

「きゃっ、で、でも服が……」

ザナルフは、くるりと向きを変え扉に向かう。フローリアはいきなりのことに、涙が引っ込んでしまった。自分は簡素な木綿の衣服一枚だけしか着ていない。じたばたと腕の中で焦っているとザナルフが笑う。

「そのままでいい。すぐ下の砂浜だ。誰もいないよ」

そう言われても、ペチコートもコルセットも付けていない。木綿の衣服一枚では、スースーして心もとない。

ザナルフは、アウラに軽食を用意して待つように伝えると、部屋を出てフローリアを横抱きにしたまま階段を降りて行く。途中ですれ違う召使いが、驚くこともなく二人にむかってにこにこと笑顔を見せた。

その様子からはフローリアがザナルフのもの、と既に認知しているようだ。

ということは、昨日の儀式、私の痴態を見られてしまったのだろうか。そう考えると、頭の中が真っ赤になるほど、かぁぁっと熱が昇り、恥ずかしくて隠れるようにザナルフの胸に頬を埋める。

この島の人たちと顔を合わせるたびに、昨夜の儀式を思い出されてしまうのではないか。そう思うと、いたたまれない。なのにザナルフはまるでフローリアを見せつけるように、悠然と階段を下りて行く。

ザナルフの城は、断崖絶壁を利用した要塞のようになっていた。

屋上には見晴らし台があり、そのすぐ下にはザナルフの寝室がある。階段を降りるたびに何かしらの部屋がいくつもあり、迷路のような複雑な造りになっていた。ようやく一番下に辿りつくと、そこには眩しいほどの白い砂浜が広がっていた。

フローリアの視界の隅に、桟橋と小舟がいくつか繋がれているのが映る。

「歩けるか？」

もしかして昨夜のことで身体を心配してくれたのだろうか。フローリアがこくりと頷くと、ザナルフはそうっとフローリアの足を砂に着けた。

南の島特有のさらさらとした白い砂だ。

もしも、フランツとあのまま無事に南の島に辿り着いていたら、今、隣にいて青い海を一緒に眺めているのはフランツだっただろう。

「……どうして、船を襲ったの？」

ザナルフがフローリアたちの船を襲わなければ、フランツから見捨てられることもなかった。身勝手な思いと分かってはいても、ザナルフさえ現れなければ、幸せな新婚の夫婦でいられたはずなのだ。

「――報復するためだ。俺たちを騙した裏切り者に」

「裏切り者?」

フローリアが見上げると、ザナルフは遠い海の向こうを眺めていた。

「ああ、我が一族は誇り高き一族だ。裏切りは許さない。その身をもって償わせる」

その姿は、あの日、甲板に降り立った青鷺のように見えた。

＊　＊　＊

外の空気を吸ってだいぶ気分の良くなったフローリアは、自分で階段を上って城にある部屋に戻ろうとした。すると、ザナルフはフローリアの主張を無視して、強引に抱きあげて階段を上る。

「あの、降ろして。皆が見ています」

「だからどうだというのだ。それにお前は足を怪我している」

「えっ……?」

全く痛みを感じなかったが、よく見ると足首や足の甲、ふくらはぎのあたりに小さな切り傷があった。夕べ甲板を逃げたときに、何かにあたって擦ってしまったのだろうか。

「小さな傷でも、化膿するといけない」

ザナルフは、フローリアを寝室のベッドに座らせると、すぐに治療師のキリエを呼んだ。

「あの、でも本当にこれぐらいの傷でしたら洗っておけば大丈夫です」

「小さな傷からでも高熱を出すこともある。下手をすれば死ぬこともある。だからちゃんと薬を塗っておけ。キリエ、薬を」

なんということだろう。この島の王であるザナルフが、自ら跪いてフローリアの華奢な足を掬い上げた。

キリエが差し出した軟膏をひとつひとつ丁寧に傷口に塗っていく。

痛みも殆どない傷のため、それが返ってくすぐったい。

足の甲に、まるで撫でるように軟膏を塗られると、なぜかお腹の奥が熱くなって、じわりと疼いた。

ザナルフに軟膏を塗られるたびに、ぴくぴくと足の親指が反応してしまう。

「……ここも、桜貝のようだな」

「えっ？」

なぜか足の親指の爪をそっと挟んで撫でられた。その隣の人差し指、中指、薬指……、ひとつずつ順番に触れて、形を確かめるようにして撫でていく。

「……んっ」

最後に足の小指の爪を丁寧になぞられると、くすぐったさと、よく分からない疼きに我慢できず、鼻から声が漏れてしまった。

足の爪にも傷があったのだろうか。

「……ザナルフ様」

キリエがひどく冷たい声を出すと、ザナルフは気まずそうに立ち上がった。

「あとはキリエがやれ。この部屋は自由に使っていい。これからは、ここがお前と俺の部屋だ。アウラの部屋は、他の女中と同じ階に部屋を用意している」

そう言い残して、ザナルフはそそくさと部屋を出た。

キリエに聞くと、この寝室は王であるザナルフのものなのだが、娶りの儀式を行って夫婦となったため、これからはフローリアと二人で使うのだという。

とはいえ、フローリアの国ではフランツとも結婚したままだ。左手の薬指には、その証にフランツからもらったエメラルドの結婚指輪が煌めいている。

何か自分がここにいることを知らせる手立てはないものか……。

フローリアは、薬指の指輪をぎゅっと握った。

「キリエ、ごめんなさい。薬を塗るほどの傷でもないと思うのだけれど」

ほんの小さなかすり傷なのに、意外にザナルフは心配性らしい。

「ザナルフ様は、あなたのことを特別、気にかけているようですね。今までにないことです」

キリエはそっけなく言うと、傷口を清潔な水に浸した布で拭いた後、黙々と薬を塗っている。

「……そんなことはないわ。きっと私が物珍しかっただけ」

「ザナルフ様は、今まで女性を攫ってきたことはありません。それなのに、あなたを一目見て攫ってきて自分のものにした」

それを聞いて側に控えていたアウラが、ぶるりと身を震わせた。

「おお、なんて野蛮なんでしょう。船を襲って女を攫うなんて」

「いいえ、アウラ様、ザナルフ様はむやみに他の船を襲いません。普段は統治する海域に通行税をかけて、それで島民の暮らしを守っています」

「ではなぜ、船を襲ったの？　きっとフランツ王子の船に積んでいた宝に目が眩んだのでしょう」

アウラは軽蔑を滲ませて、負けじとキリエに言い返した。

「あなた方は、何も知らないのですね」

キリエは溜め息を吐いて話し出した。

「――ここ一年、この辺りの島は近年になく多くの嵐に見舞われて、海域を行き来する船が激減しました。通行税だけの収入では島民が生きていけない状況になったのです。また嵐で大きな被害も受けました。そんな時、フランツ王子から戦への参加の要請があったんです。勝利した暁には、多額の報奨金を支払うからと。島民を守るため、ザナルフ様はフランツ王子の要請に同意しました。きちんと誓約書も交わして、莫大な報奨金を支払ってくれる約束だったんです」

「そ、それで報奨金は支払われたの？」

フローリアが尋ねると、キリエはゆっくりと首を横に振った。

「いいえ。報奨金は支払われていません。島民たちも報奨金が支払われるのを今か今かと待っていました。多くの島で、嵐のために漁船が流され壊れたり、大きな被害が出ていました。ザナルフ様の勝ち取った報奨金が分配されるのを待っていたんです。それなのに支払われなかった」

「な、何かの間違いでは？　だってフランツ王子は報奨金を支払ったと言っていたわ」

それを聞いてキリエは薄く笑った。

「前金は確かに払われましたが、雀の涙ほどです。そしてもちろん、その戦はザナルフ様の活躍で圧勝しました。ザナルフ様は、その時にフランツ王子を守るために怪我も負ったというのに、フランツ王子は怖気づいてずっと船室に籠っていたんです。戦が無事に終わるまで」

「そんなの嘘よっ。だってフランツは、自分が先陣を切って戦ったと言っていたもの。蛮族たちを率いて」

これには、フローリアも黙ってはいられなかった。フランツもそんな大それた嘘を吐く人間ではないはずだ。自分が夫とした男性が、卑怯極まりないことをしていたとは思いたくはない。

するとキリエがぷっと笑い出した。

「フローリア様は可愛らしい。あなたにとって理想の王子様の言うことはすべて真実になってしまうのですね。でも、何が真実なのかは自分でちゃんとご判断下さい。ザナルフ様に殺されそうになったフランツ王子は何と言いました？　あなたを引き渡す代わりに自分の命乞いをしたのではありませんか？」

フローリアは、はっとして口籠った。

自分が夫として選んだ人を信じたい気持ちが、いまも心のどこかに残っている。

結婚式を挙げた夜、船酔いの自分を心配して一晩中介抱してくれた優しい夫。小さな頃からずっと憧れていた、生まれながらの王子。煌びやかな宝石で装飾された金と白の軍服をいつも身に纏い、穏やかな笑顔を向けてくれた。

——優しく武にも長けているフランツの姿は、すべて私の幻想だったの？

「ひ、姫様、この女は私たちを騙そうとしているのですわ」

「アウラ様、あなたも見たのではなくて？　ザナルフ様がフローリア様を攫って行ったあと、フランツ王子が小舟を降ろして慌てて逃げて行ったのを」

フローリアは確かめるようにアウラを振り返った。アウラは蒼白になって下を向く。

まさか、ほんとなの？　ザナルフに担がれて連れて行かれたとき、いったい自分がどうなってしまうのかと恐ろしくてたまらなかった。

それなのにフランツは、私を見捨てて逃げて行ったというの？

「何度交渉しても報奨金は支払われませんでした。あの王子は自分の船も損害を被ったから報奨金はなしだと言ってきたのです。ですが損害と言っても、船が少し傷ついただけ。

最前線で戦った者たちの中には、小さな子供を残して亡くなった者もいます。私も治療師として、その海戦に参加していたから知っています。フランツ王子の船は、一番後ろでザナルフ様たちの船団に囲まれてぬくぬくと守られていました」

フローリアは、あまりのことによろけそうになりながら窓辺に手をついた。アウラが駆け寄ってきて、支えようとしたのを振り払う。

ああ、ザナルフは困窮した島民を救うため、報奨金を取り戻そうと船を襲ったのだ。

フランツの隼のマークが描かれているあの帆船を。

ちょうど船には二人の結婚祝いとして、諸外国から多くの祝いの品々が積み込まれていた。金や銀、最高級の絹織物、宝石に絵画など。

「だ、だからと言って、なんの罪もない姫様をあんなふうに大勢の前で辱めるなんて……。野蛮じゃありませんか」

アウラの言葉に、キリエはくすりと笑う。

「もちろん、あの儀式はこの島の掟です。古くから島民に伝わるしきたり。でも、夕べの儀式はフローリア様をこの島の男たちから守るためなのですよ。正式にザナルフ様の物になれば、敵国の王女であっても、島民はだれひとりフローリア様を傷つけたりしない。そのためにザナルフ様は、フローリア様と娶りの儀式をなさったのです」

フローリアは、頭の中が混乱してうまく考えることができなかった。

今まで信じていたものが、心の中でガラガラと音を立てて崩れ落ちる。色んな事がありすぎて、今は何を信じたらいいのか分からない。

「……やめて。おねがい、一人にして……」

震えるフローリアに、キリエがすっと近づいてきた。

「フローリア様、この島でザナルフ様を慕っている女性も多いのですよ。夕べの儀式は、ザナルフ様があなたに寵を与えると宣言するもの。この島の女にとっては、羨望の的であり、栄誉に値します。なにしろ、ザナルフ様はこの島を守る青鷺の神の化身とも言われているお方。この島の者たちにとっては神聖な儀式であり、決して辱めなどではありません。そのことを忘れずに……」

そう言い残してキリエは部屋から立ち去った。

第五章　波間に揺れる甘い夜

ザナルフはフローリアを自室に残したまま、側近らとともに港に停泊させている帆船の中に乗り込んでいた。

フランツの船から報奨金代わりに奪った財宝の目録を作るためだ。ようやく半分ほど作り終えたが、ざっと見積もった感じでは当初提示されていた報奨金の半分にも満たない。

だが、ひとまずはこの海域の島々に財宝を分割して分け与えれば、当面は何とかしのげるだろう。幸い、ザナルフの拠点であるマグメル島には大きな被害はなかったが、嵐の影響は凄まじいものだった。

「ザナルフ、ここは俺たちがやっておくから、城に戻ったらどうだ？　可愛いお姫様が待っているだろう？」

ザナルフの右腕でもある大男のラルゴが言った。時はすでに夕の刻を過ぎており、ザナルフはフローリアがどうしているか気になった。自分といても、どこか思いつめたような顔をしている。

まだこの島に連れてきたばかりだが、夫だったフランツのことを考えているのだろうか。

そう思うと無性に腹が立つ。あの男は自分の命乞いの代わりに、フローリアをいとも簡単に捨てたのだ。やつに彼女は相応しくない。

甲板の上でフランツを斬ろうとしたとき、フローリアが勇敢にも飛び出してその身体でフランツを庇った。暗闇に浮かびあがる華奢な肢体。磨いた象牙のようになめらかな肌、薔薇(ばら)を紡いで絹糸にしたような金色(ローズブロンド)の髪が、滝のように流れるさまに男の印が痛いほど強張った。

この世のものとは思えないほどの美しさに己の魂が抜かれそうになり、まさに天女が現れたのかと見まごうほどだ。

途端に自分の中に潜んでいた動物的な本能が頭をもたげ、この女が欲しいと思った。それはザナルフにとっても初めての経験だった。

だというのに、フローリアは恐怖で震えながらも、あのフランツを必死に守ろうとしていた。

その姿に腹の奥がふつふつと煮えたぎる。平気で人を騙すような男を命がけで庇う価値などない。

だから、わざとフランツに言ったのだ。フローリアを渡すなら、命だけは助けてやると。まんまとその手に引っかかったのは、フランツだ。

だが、ザナルフは罪悪感に苛まれていた。フローリアは夫だったフランツを恋しがって思いつめているのだろう。あの優男はいったいフローリアをどのように抱いて喜ばせたのか。

昨夜の儀式では、フローリアアは無垢な乙女そのものだった。みずみずしい露で潤い、花びらは硬く閉じていた。今まで男に弄ばれたことなどないように。

指先で花びらをそっと剝いて愛撫すると、華奢な身体にさざ波が起こり、フローリアが感じていることがザナルフにも伝わった。途端にこの女を可愛がり尽くしたいという淫らな庇護欲が湧きあがる。

花びらの奥に手を這わせ、秘玉に触れたときのあの堪らない感触——。

無人島に流れ着いた男が、渇ききった喉を潤すものを探し続け、そしてようやく見つけた、たった一つのみずみずしい果実のようだった。

たちどころに、ザナルフの身体が総毛立つ。フローリアの全身を蜜が枯渇するまでしゃぶりつくしたいという、獣のような本能が頭をもたげ、分身があり得ないほど硬くその形を変えた。

花びらの中の蕾は、一度も男に触れられたことがないようなほど小粒だった。蜜を纏わせて撫で擦ると少しずつ、ぷっくりと可愛いらしく熟れてきた。ときおり、きゅっと指の腹で押し潰すと、いとも簡単に快楽を得てイってしまう。

可愛い反応がすぐに返ってくる。

——なんなんだ、これは。神から与えられた褒美なのか。

華奢な肢体から伝わる快感の震えを肌に感じると、ますますザナルフはおかしくなった。

あまりの可愛さにくらくらと眩暈がする。こんな感覚は生まれて初めてだった。小さくて可憐なのに、淫らな生き物が愛おしくて堪らなくなる。とろりとした蜜の感触も極上だった。さらさらとした泉の水とも、ねっとりした濃厚な蜂蜜とも違う。例えるなら、透明な花の蜜だろう。

指を蠢かすたびに、くちゅ、くちゅっ、と淫らに蜜が弾ける。天女の奏でる甘美な音だ。花びらの内側がしどとに潤い、ザナルフは自分の指がふやけるまで、その蜜の感触に浸っていたかった。

ましてや、この上なく甘く艶めかしい香りがザナルフの鼻孔から肺の奥に流れ込んできた。立ち上る淫靡な甘い香りに、肉棒にまで欲望のうねりが押し寄せた。

貪りつくしたいのを我慢して、食いしばった歯から漏れ出た吐息が柄にもなく震えている。満足に声さえも出せないほどだった。ザナルフの分身は、これまでにないほどガチガチに硬く兆していた。

引きちぎるようにズボンを寛げ、飛び出した怒張の先端をフローリアの蜜壺の淵に浸すと、ザナルフの股間が砕けそうなほどの快感が走り抜けた。とろとろの蜜が亀頭にじわりと浸潤する。

その瞬間、瞼の裏が真っ白になり、あやうく昇天しかけた。まるで花の蜜の中で溺れ、幸せな最期を遂げた虫になったような気分だ。

花びらを捲るように亀頭を擦り上げると、そこはもう快楽の楽園だった。すぐにも爆ぜてしまいそうなほど、己の精が根元までせり上がる。

フローリアの花びらが亀頭や幹に淫らに絡みつき、肉棒自体がまるで太い血管でもあるかのように、どくどくと脈打っていた。

なんど蜜壺の窄(すぼ)まりに、欲望の滾りを沈み込ませたくなったことだろう。悪魔が挿れてしまえと囁いてくる。

だが、そうすればきっとフローリアを皆が見ている前で辱めることになる。

ザナルフは、フローリアと二人きりの場所で繋がりたいと思った。自分を深く呑み込ませた時の、フローリアの歓喜の声やその恍惚(こうこつ)の表情を他の男たちに見せたくはなかった。

だが一方で、娶りの儀式をしなければ、フローリアをこの島で守ることができない。フランツの裏切りで、島民の感情には危険すぎるほどの反感が膨れ上がっていた。その妻であるフローリアにも危害が及んでしまう。

苦肉の策で、まるで自分と本当に繋がっているかのように見せかけたのだ。

儀式の始まる前までは、最後までフリのままで終わろうと思っていた。己の子種を迸らせるつもりはなかった。なのに、フローリアの柔らかな花びらがザナルフを最後まで昇りつめさせた。

あんなに欲情したことはない。

それでも、フローリアのたっぷりと蜜を湛えた蜜壺の誘惑に負けなかった自分を讃えてやりたい。

見世物のようにフローリアをあの場で自分の物にしなくてよかったと安堵する。あの可愛らしい喘ぎは自分だけに聞かせて欲しい。自分の分身を咥えこませたときの、悦楽の震えを自分だけのものにしたかった。

——ああ、彼女はきっと神が遣わした贈り物だろう。

ついさっきも、擦り傷の軟膏を塗りながら、フローリアの形のいい小さな足に目が釘付けになった。足の爪が、まるで桜貝のように薄くて小さくてきらきらしていた。あんな爪は見たことがなかった。世の中に、こんなに可愛いものがあるのかと思うほどだ。舐めしゃぶりたくて、口の中に溢れる涎を我慢するのがやっとだった。

足の指だけではない。フローリアの全身をしゃぶりつくしたかった。

自分を見つめるくりっとした瞳が小動物のようで、可愛さが込み上げ、ずっと抱きしめていたくなる。

もはやザナルフはフローリアを思い浮かべるだけでおかしくなっていた。財宝を奪うつもりが、その宝に魂を吸い取られてしまったのだ。フローリアには、この命を何度捧げても惜しくない。

——フランツになど渡すものか。

ザナルフは、にやりと酷薄とも思える笑みを浮かべた。

あいつの面影など忘れるほどに、自分の形を刻み込めばいい。

「ラルゴ、あとは頼んだぞ。フローリアの様子を見てくる」

船には今も大勢の乗組員が、ザナルフの指示で立ち働いていた。いつなんどき、島が襲われないとも限らない。万が一の時には、すぐに応戦できるよう、停留中も船には一定の船員や兵士を乗り込ませている。

甲板に出ると、すでに陽が傾き暮れゆく空が広がっていた。いつもより少しだけ明るく感じるのは、陽が延びたからだろうか。

すると何処からともなく、一羽の鸚鵡が甲板の手摺に止まり、ギャーギャーと鳴き喚いた。

「ん？　なんだお前は。煩い奴だな。どこから来た？」

鸚鵡に近づいて捕まえようとすると、ぱっと飛び立って海の向こうに飛んでいく。

「おい、そっちは島の方じゃないぞ」

その向こうにある水平線のあたりに視線をやって、ザナルフはぎょっとした。

小舟が一艘、沖に向かって流れていく。

沖は海流が荒く、いくつもの渦潮が発生する難所だ。その渦潮は、この島が幻の島、と言われている所以でもある。

島と縁のある限られた水先案内人や島の人間は潮の流れを読み、渦潮の起こらない時間とタイミングを心得ているが、知らぬものは絶え間なく湧き上がる渦潮のためになかなか島にたどり着けない。いったん渦潮に巻き込まれたら、二度と抜け出せない。それは、『死』を意味している。

目の前にあるのに辿りつけぬ『幻の島』なのだ。

——だというのに、いったい誰が？　小舟だけが流されてしまったのか？

ザナルフは嫌な予感がした。すぐに操舵室にいき、備え付けの望遠鏡を覗き込んで絶句する。

小船の中に小さな人影が見えた。夕日に煌めいて見えるのは、ローズブロンドの髪。

この島でローズブロンドの髪をしている女は一人しかいない。

「くそっ、急いで帆を掛けよ！　全速力で沖合に進めっ！」

ザナルフは声を張り上げた。船員らは殺気だったザナルフにぎょっとしたものの、よく訓練されているためあっという間に帆を張り、ぐんぐんと沖に向かって進んでいく。

「おいっ、ザナルフ！　襲撃でもあったのかっ？」

船内で目録づくりの作業にあたっていたラルゴが血相を変えて飛び込んできた。

「違う、あれを見ろ！　フローリアだ」

フローリアの行く手には、忌々しいことに大渦が沸き上がっていた。

「なんでお姫さんが……」

——自分から逃げ出そうとしたのか。

ザナルフは、今までに感じたことのない痛みを胸に覚えた。同時に沸々（ふつふつ）とした怒りが込み上げる。可愛さ余って憎さ百倍とは、こういう気持ちをいうのだろうか。

「ラルゴ、俺が飛び込んであの船に乗り移る。小舟に着いたら錨（いかり）の付いたロープを投げろ」

「気は確かか？　あれはめったにない大渦だ。もし失敗したら、お前もあの渦に巻き込まれて死ぬぞ。悪いことは言わない、姫さんは諦めろ！」

「命を賭しても守ると誓ったからな」

ザナルフは甲板に出ると、船首楼から勢いよく海に飛び込んだ。

＊　＊　＊

フローリアは一人になって考えたくて、こっそり城を抜けて砂浜に下り立った。ベッドには枕を丸めて布団を被せておいたので、アウラが覗けばきっと疲れて眠ってしまったと思うだろう。

幸い夕刻の忙しい時間だったせいか、大きめの亜麻布を頭から被り、階段をこそりと降りていくフローリアを誰も気に留めなかった。

砂浜に着くと、桟橋の方に向かってとぼとぼと歩いて行く。ときおり、ヤドカリがかさかさと横切って、のどかな海の夕暮れが広がっていく。

――ヤドカリさんも、家に帰るのかな。

でもフローリアは、自分の帰るべき場所がどこなのか分からない。砂浜にしゃがみ込み、椰子の木の幹にもたれてそっと涙をぬぐう。

キリエに聞かされたことがいまだに信じられずにいる。それでも心の奥で、それが真実であるとフローリアに告げている。

フランツは騙したのだ。私を。ザナルフを。この島民たちを。先の海戦では、ザナルフのお陰で大勝利を得たというのに、卑怯な手を使って彼らを裏切り、その対価を支払わなかった。彼らの島は、困窮していたというのに。

そして母国では、さも自分の活躍で大勝利したと吹聴していたのだ。

そんな人だと見抜けずに、夫としていたことが悲しい。

フランツを王子の中の王子だと信じて疑わなかっただけに、心が粉々に砕けてしまった気がする。

フローリアが膝小僧を引き寄せてさめざめと泣いていると、突然、右肩に重いものがのしかかった。

「きゃぁっ、な、なに⁉」

驚いてぱっと立ち上がると、肩からふぁさりと黄色いものが飛び上がった。それがフローリアの周りをくるくると飛び回る。

――鸚鵡だ。

白いトサカが頭の後ろ流れ、ほっぺたはまぁるい橙色の模様がある。長い尾を優雅にたなびかせている。

鸚鵡は桟橋にある小舟の舳先に止まって、フローリアをきょろりと見た。頭を何度も頷くように動かして、ダンスを踊っている。

「なぁに？　お前はどこの子？　私と遊びたいの？」

　フローリアアは小走りで桟橋に行くと、おそるおそる小舟に飛び乗った。

　鸚鵡は人に慣れているのか、フローリアが近づいても逃げずに近づいてくる。

「可愛い、お前の羽はふさふさしているのね。長い尻尾は見たことがないほど綺麗だわ」

　舟に腰かけて鸚鵡を胸に抱く。南国の果実のような黄色の羽を撫でると、気持ちよさそうにグルグルと喉を鳴らしている。

　あまりに羽の感触が心地よくて、夢中で撫でまわしていると、ぐらりと舟が揺れた。

「えっ……？　嘘でしょう？」

　はっとして見上げると、いつの間にか小舟が桟橋からだいぶ離れている。

　引き潮の流れに乗ってしまったようだ。桟橋と小舟をつないでいた引綱が外れていたのだろうか。それともフローリアが飛び乗った時に、外れてしまったのだろうか。

　意外にも引き潮の流れが早くて、見る見るうちに沖合に流されていく。

「ど、どうしよう」

　砂浜から離れるにしたがって舟の揺れが強くなる。時折、波を受けて大きく舟が揺らぐ。フローリアは、舟の縁にぎゅっとしがみ付いた。自分は泳げないのだ。

　こんな小舟で沖合に流されでもしたら、きっと死んでしまう。

　神様は、私にいくつもの苦難を与えて罰したかったのだろうか。真実を見ることができず、ぬくぬくと結婚に浮かれていた私を。

「――あっ」

舟に留まっていた鸚鵡までもが、どこかに飛び立っていった。見捨てられてしまったのだ。きっとフローリアと運命を共にするつもりはないのだろう。たった一人になったことで、ますます不安が募る。

ぐらぐらと揺れる小舟は、海流に乗ってどんどん沖に流されていく。沖合を見ると大きな波しぶきが立っていた。小さな渦や、大きな渦が湧き上がっているのが見える。

――怖い。

フローリアの鼓動がどくどくと打ち始めた。

まるで、この小舟は自分の命運のようだ。自分ではどうにもならない波に翻弄され、最後には大渦に飲み込まれて、海の底に沈んでいくのだろう。

大波が横から打ち付けて、バシャンと大きな水しぶきを被る。

フローリアは、ぎゅっと目を瞑って舟にしがみつく。

怖い。助けて。怖い――。

その時、心の中に浮かび上がったのは、ザナルフだった。助けになんか来るはずがない。そもそも、フローリアが小舟に乗っていることさえも知らない。

それでもザナルフにもう一度ぎゅっと抱きしめられたかった。あの逞しい腕とその温もりに包まれたかった。

「……っく、ザナルフ……、怖い、助けて……。ザナルフ――！」

フローリアは泣きじゃくる。神様に見放されてしまっている自分を呪う。それでも死の目前で、自分が信じ縋りたい人はザナルフだった。

「――フローリアっ！」

ありえない人の声を耳にして、フローリアはぱっと顔をあげた。あの鸚鵡が、ぎゃぁぎゃぁと鳴きながら海の上を渡ってくる。

波間には、荒波をものともせず、泳ぎ来るザナルフがいた。

「ざ、ザナルフ……！　助けてっ」

「小舟にしっかり摑まっていろ！　振り落とされるなっ」

フローリアは、こくこくと頷いて鼻を啜り上げた。

幻ではない。ザナルフが助けに来てくれた。ザナルフが……。

ザバァ――っと、波の中からザナルフが勢いよく浮かび上がり、小舟の上に乗りこんだ。

「フローリアっ！」

「ザナルフっ……」

フローリアは逞しいその身体にしがみついた。ザナルフがぎゅうっとフローリアの身体を包み込む。

「もう、大丈夫だ。安心しろ」

ザナルフは海の向こうに向かって合図する。するといつの間にかザナルフの帆船がすぐ側まで近づいてきていた。

ひゅんっ、と音がして、弓矢が小舟の舳先に突き刺さる。弓には船から伸びる長いロープの先に、釣り針のような形をした小ぶりの錨が結ばれていた。

ザナルフは揺れる小舟の中でも手際よく弓から錨を外し、舟の舳先に引っ掛ける。すると小舟は見る見るうちに潮の流れに逆らって帆船に近づいていく。

「あと少しだ。」

フローリアがほうっと息を吐いたその時、バキバキっと音がした。

ロープの引っ張る力と渦潮の流れがせめぎ合い、錨の引っかかった小舟の先が音を立てて割れていく。

「くそっ。リア、俺にしがみ付け！」

ザナルフはすぐに錨の付いたロープをフローリアと自分の身体にぐるぐると巻き付けた。片腕でフローリアを抱き、もう片方の手で船から伸びるロープをぐっと握りしめた。

小舟は見る間に壊れ始め、割れた隙間から海水が容赦なく流れ込んでくる。すでに二人は腰まで水に浸かっていた。

「ザナルフ、私、泳げないの……」

フローリアは、ザナルフの首にぎゅっと手を回してしがみ付きながら、泣くまいと思っても涙が溢れそうになる。

自分が不注意にも船に乗ったりしなければ、ザナルフを危険な目に会わせることもなかった。私のせいでザナルフまで死んでしまったら……。

「ごめんなさい。ごめんなさい……」

「フローリア、俺を信じろ。どんなことがあっても、必ず助けると誓った。くそ、来るぞっ」

その時、大波が二人めがけて打ち付けた。乗っていた舟は木っ端みじんになって、大渦の中に藻屑となって消えていく。

滝のようにおびただしいほど覆いかぶさる海水に、ごぼごぼと海の底に沈んでいきそうなるフローリアを逞しい身体がぐんぐんと水面に押し上げる。

「げほっ、げほっ……」

「いい子だ。あと少しだ、頑張れ」

船から伸びたロープを摑んでいるザナルフの片腕は強張って、血管が浮かび上がっている。盛り上がった筋肉もぷるぷると小刻みに震えている。

フローリアは息を呑んだ。潮の流れに逆らって、片腕だけで二人分支えているのだ。申し訳なさにザナルフの肩に唇を寄せて、ちゅっと這わせた。せめてザナルフの痛みが少しでも和らぐように。

「おーい、ザナルフ！　その浮き輪に摑まれっ」

二人は、いつの間にか大渦の波を脱して、緩やかな引き潮の海流にまで戻っていた。

襲撃の夜に見た大男が、ロープで結ばれた浮き輪を投げて、甲板から顔を覗かせている。

ザナルフはロープから手を外すと、大きく波を搔いて浮き輪に摑まった。

ようやく、ほっとザナルフの口から吐息が漏れたとき、フローリアは助かったのだと知った。

あやうく大渦に巻き込まれて命を落とすかもしれなかったのに、ザナルフは助けに来てくれたのだ。

船から縄梯子（なわばしご）が降ろされて、ザナルフがフローリアを抱きかかえたまま、ひょいひょいと登っていく。大男が二人を引き上げると、ザナルフがフローリアを睨みつけた。

「この大馬鹿者っ！　なんて無茶なことをするんだ！　あんな小舟で逃げようとしたのか？」

あまりの剣幕にフローリアは絶句した。無言で涙を溜めながら首を横に打ちふるう。

――違う。逃げようとしたんじゃない。

ただ、ほんの少しの間、小舟に乗っただけ……。

でも、それが結果的にザナルフの命を危険に晒してしまったのだ。

「じゃあ、なぜだ？　どうして小舟に乗って沖に出た？」

ザナルフのほかに、大男や船の乗組員たちも大勢集まってきて、二人を取り囲んでいる。興味津々といったところだ。

「お、鸚鵡が……」

フローリアは、ひくっと喉を鳴らしながらようやく声を出した。

「鸚鵡がどうした？」

「す、砂浜を散歩していたら、綺麗な鸚鵡が小舟に止まっていて、鸚鵡に触りたくて小舟に乗り込んだの。あまりに可愛くてそのまま船の中で羽を撫でていたら、いつの間にか流されてしまって……」

ザナルフは、あんぐりと口を開けた。

鸚鵡だと？

鸚鵡を撫でていたら、流されてしまっただと？

途端に、周りの乗組員からゲラゲラと笑いの渦が巻き起こる。

「ひゃーっ、姫さんっ、こりゃ傑作だっ！　なぁっ、ザナルフ！」

大男が腹を抱えて笑っている。

「ご、ごめっ、なさ……」

ザナルフは顔を真っ赤にして、ぷいと逸らした。

激怒しているのだろうか。当たり前だ。ザナルフを危険な目に合わせたのだから。

帆船はすぐに入り江に戻ったが、泣きじゃくりながら迎えに来たアウラと呆れた顔で出迎えた治療師のキリエに慌ただしく連れられて、フローリアはまた城に戻された。

その間、ザナルフは一言も口を利いてはくれなかった。

＊　＊　＊

「本当に、姫様のなさることには寿命が縮みますわ」

南国の温みを帯びた風が吹いているというのに、アウラがぷるっと身震いした。

助けられてから二日後、フローリアはザナルフと顔を合わせることはなかった。

まるで放置された子供のように、今夜もひとりザナルフの部屋に留め置かれている。もちろん、出歩くのは自由なのだが、フローリアは島民を裏切ったフランツの元妻という自分が恥ずかしくて、島を見て歩く勇気がなかった。

一日中部屋に閉じこもり、アウラとともに過ごしている。今夜も温かい湯に浸かった後、アウラがフローリアの洗いたての髪をよく渇いた布でふき取り、この島特有の花の香油を塗ってくれている。

未開の蛮族の島かと思っていたが、ザナルフの統治するこの島は、生活水準も高く、島の特産品も多くあるようだ。

この島に連れてこられてまだ数日だが、色々と分かってきたことは多い。

でも、ザナルフについてはまだまだよく分からない。

そもそも、なぜフローリアをあの襲撃で弑することなく、この島に連れてきたのか。

ザナルフを騙したフランツと同じく、その妻であった自分など、ザナルフにとっては恨みの対象であり、邪魔なはずだ。

——なのになぜ？

それに小舟で遭難しかけたとき、どうして助けてくれたのだろう。自らの命を危険に晒してまで。あのまま私が死んでしまえば、厄介払いになっただろうに。

ザナルフはといえば、助けられた後、いまだに帆船に留まったままで戻ってきてはいない。

もしかして、私のせいでひどい怪我をしたのかもしれない。

フローリアは、下船するときに見たザナルフの様子が気になっていた。アウラに連れられて船から降りる時、ザナルフを振り返ると、彼はもうフローリアを見てはいなかった。船員達に忙（せわ）しなく指示を与えている。

その姿を目にした時、ロープを摑んでいた方の肩が赤く腫れ上がっているのに気が付いたのだ。

迎えに来たキリエにそのことを伝えると、折り返し船に戻ってザナルフの肩の具合を診てくれると言っていた。

大丈夫だったのかしら？　悪化していなければいいのだけれど。

そしてザナルフと同じ間、キリエの姿も目にしていない。きっと二人ともずっと船にいるのかもしれない。

キリエはこれまでも治療師として、ザナルフと行動をよく共にしていたという。だから、きっと船でザナルフの治療にあたっているのだろう。

なぜかもやもやとしたものが心の中に漂いはじめる。

「さぁさ、姫様、お夕食をどうぞ」

物思いに耽っていると、アウラがいい匂いのする夕食を運んできた。今日のメニューは、ヤギミルクのバターで炒めた白身魚だ。レモンと塩で味付けされており、ふかした夕ロイモと一緒に食べるものだ。新鮮な果物も添えてある。母国で食べていたような複雑な味付けの料理ではなかったが、この島の食事は素朴で美味しかった。

それでもどこか味気なく感じるのはなぜだろう。

それは、この部屋の主であるザナルフがいないからだ。

顔も見たくないほど、激怒しているのだろうか。もしかしたら、避けられているのかもしれない。

助けられて甲板に引き上げられたとき、ザナルフはフローリアの軽率な行動に腹を立てていた。今思えば、鸚鵡を追いかけて船で流されるとは、なんて間抜けなんだろう。子供でもあるまいし。

もちろん、本来のフローリアは衝動的に行動するタイプではない。フランツの裏切りや、あの娶りの儀式――、自分の身に降りかかったことが、あまりにも許容範囲を超えていて、いつものような冷静な判断力が欠けていた。

でもそんなの、ただの言い訳だわ。結局、私の不注意でザナルフが危うく死ぬところだったのだ。

それに助けてもらったお礼さえもまだ言っていない……。

——なにか恩返しができないものかしら。

キリエのようにザナルフの身体を医術で癒すような役には立てなくても、せめてこの島の人たちに何かできる事があるかもしれない。それがザナルフの助けになるかもしれないのだ。

明日は勇気を出して島の中を見て回り、自分にできそうなことを探さなくては。ただのうのうとしているのは気が引ける。

「……アウラ、明日は早く起きて、この島を見てみたいの。島民の生活とか」

アウラは目を見開いて驚いた顔をしたが、すぐに同意した。アウラも一緒に同行するという。ザナルフがいない時は、何処に行くにもアウラが一緒について行くようにと、ザナルフに厳命されているらしい。

「あの、ザナルフは？　今夜は戻ってくるのかしら？」

「さぁ……、キリエ様が湿布薬を持って船に行ったまま戻っていないようです。軽傷のようですが肩を怪我されたとか。今夜も船で過ごされるかもしれませんね。ザナルフ様は、昼は怪我をおして忙しくしていると聞きましたから、夜はきっとキリエ様がつききりで看病をしているのでしょう」

心臓がぐさりと痛む。

キリエはザナルフに信頼されている存在だ。治療師としてザナルフの身体に触れ、昼も夜も側にいて癒すことができるのだ。

「……今夜もお一人で、大丈夫ですか？」

「ええ、ありがとう。もう休むから下がっていいわ」

心配そうなアウラを下がらせると、フローリアは貝殻の内側に蠟（ろう）を流したキャンドルを一つだけ灯して、ガラスのない剝き出しの窓辺に向かう。

宵闇が広がる空には満天の星が瞬いていた。窓から身を乗り出せば、星に手が届きそうなほどだ。右手にある入り江には、ザナルフの帆船が見える。甲板にいくつかちらちらと篝火が焚かれている様子を見ると、ザナルフとキリエもきっとあの船の中にいるのだろう。

——この二日間、同じ船室に？

そう思うときゅうっと胸が痛む。

おかしいことではない。キリエは治療師だ。それでも娶りの儀式でザナルフの妻となった自分よりも、キリエの看病に身を委ねたことに打ちのめされる。

——何を期待しているの？　あの娶りの儀式だって、ただの義務よ。キリエが話していたとおり、攫ってきた私を守るために仕方なくあの儀式をしたのだろう。

それにフランツから奪った戦利品を自分のものにしたと、島民に誇示するためだ。

私が王女だったから、フランツの妻だったから、見せしめのためにそうしたのだ。私自身を欲しいと思ったわけじゃない。

それを証拠に娶りの儀式以降、ザナルフはフローリアに触れようとしない。

入り江に目をやると、帆船は凪いだ夜の海に静かに浮かんでいる。どうにも眠れる気がしなくて、ベッドに腰かけたまま、ぼうっと入り江に浮かぶ帆船を見つめていた。

ザナルフは、もう眠りについただろうか。

目をそっと閉じるとザナルフの温もりが思い出される。

小舟から海に投げ出されたとき、力強くぎゅっと抱きしめてくれていた。

あんなに側で彼を感じたのに、今は遠くから思い描くばかりだ。

まるで恋をしてるみたい……。

「まさか、今度は夜空を見ようとして窓から落ちたとか言うなよ。その窓の遙か下は海だ」

「……ザナルフ様っ……!?」

フローリアは飛び上がった。戸口を見ると、上半身裸で右肩に布を巻いたザナルフが立っている。

「万が一、間違って落ちないように、窓にも柵を設けたほうがいいかな？」

ザナルフの信用を無くしているらしい発言に、かぁっと頬が熱くなる。

「もう、不注意なことはしません……」

ザナルフは、訝しむように片眉をあげてフローリアを見た。

「どうかな。それに、皆がお前のことをなんて言っているか知っているか？」

「——えっ？」

「お前が鸚鵡を追いかけて小舟に乗り、危うく大渦に飲み込まれて死にそうになったという話は、たちまち島中に広がった。おかげでお前は鸚鵡の姫、と言われている」

——まさか、そんな。島中の人間に愚かだと思われてしまった。

悲壮な顔をしていると、ザナルフが目元をふわりと緩める。

「お前は王族でもあるし、島民も遠巻きに見ていたからこれで親近感が湧いたんじゃないか？　あの大男のラルゴはお前をいたく気に入ったらしいぞ。この俺に命を掛けさせたお前が、単に鸚鵡ごときのために流されたということに」

「……申し訳ありません……。助けてくださってありがとうございます」

「誓ったからな。命を懸けて守ると」

——やはり。

ザナルフは私を見捨てることもできたはずだ。それでも、彼の信条は誓いを守ることらしい。だからこそ、危険を顧みずに助けてくれたのだろう。

「……か、肩は大丈夫ですか？」

「大したことはない。少し腫れただけだ。キリエが大袈裟に湿布薬を巻いたせいで少し動かしづらい。もう必要ないだろう」

ザナルフは肩の布を外すとゆっくりと近づいてきた。空気に溶けた潮の香に交じって、ザナルフ独特の男らしい香りが部屋に満ちる。

「お前がキリエに伝えてくれたんだろう？　おかげですぐに痛みも引いた」

「——本当にごめんなさい。私の不注意のせいで。あの、何かできることはありませんか？　もしまだ痛むなら、お着替えの手伝いとか、お食事の介助とか」

それぐらいであれば、キリエでなくともフローリアにもできる。

ザナルフは、くっくと笑った。

「気にするな。たしかに今回は不注意だったが、もう済んだことだ。それに……」

一歩み寄ると、フローリアのほっそりした腰を引き寄せる。

「なにより、お前が無事でよかった。――フローリア」

すうっと伸ばされた大きな手に頬を包まれた。どきんとしてザナルフを見上げると、ゆっくりと顔が近づいた。温かな唇の感触が耳朶を掠め、吹きかかる吐息に、たちまちどきどきと鼓動が跳ねる。

「だが、そうだな。お前にしかできないことがある」

「そ、それは何ですか？　どんなことでも……ひゃっ……」

耳元に這わせていたザナルフの唇が、頬をゆっくりと滑りフローリアの唇に重なった。

「ふっ……、んっ……」

熱くて艶めかしい唇に捕らえられた。

有無を言わさず小さな顎を摑まれ口をこじ開けられると、ぬるりとした舌肉が口腔に忍び込んできた。フローリアの瞳が大きく開かれる。

――口づけ、をされている。

驚きに震えるフローリアの舌を掬い上げて、ザナルフの舌先が甘く絡みついてくる。ざらりとした粒の感触がフローリアの舌肉に重なると、腰の奥がつきんとして未知の熱が灯りはじめた。

どれもが新鮮で、フローリアはザナルフから与えられる甘い感覚に酩酊しそうになる。

「ふ……んっ、ザナルフ……」

「娶りの儀式はまだ終わっていない。今宵、本当の娶りの儀式をする。お前と二人きりで」

娶りの儀式？　それはあの夜、全て終わったのではないの？

ザナルフの言わんとする娶りの儀式とはどういうものなのか。

その問いは、すぐにザナルフの熱にかき消される。

まるで蜜壺の中の蜂蜜をくまなく掬いとるように、やわらかな口の中をまさぐり、美味しそうに啜る。口の中で無遠慮に蠢く淫らな感触に、身体の芯が火照ってくる。

「――リア、可愛い」

舌先をくすぐってフローリアの舌をおびき寄せると、口の中に含み入れた。潮風が混じったような野性的な味がしてくらくらと眩暈がしてくる。

「ん……ふぁっ……」

思わず爪先立ってしまうほど、舌をきつく吸い上げられた。両頬を包み込まれて、ぎゅうっと舌ごとザナルフの方に顔を引き寄せられる。

ああ、ザナルフの口の中に吸い取られてしまいそう。

心だけでなく、身体までふわふわと浮いているような感覚に囚われる。恋しいと思っていた人からの口づけは、たちまち初心なフローリアの身体中を甘くさざめかせる。

「お前は、上の口も花びらのように柔らかくて甘いな」

ザナルフは、なおも深くフローリアの口を味わった。

ぎこちなく動いていた舌は、ザナルフの舌と淫らに絡みあい、次第に柔らかく変化する。ザナルフにこうされることが少しも嫌じゃない。それどころか、もっと強く吸って欲しいような気がしてくる。口から伝わるザナルフの熱にフローリアの内側の温度も高まりを増していく。

「んっ……、んっ……」

互いに口づけに没頭し、もう、どちらの舌か分からなくなってくるほど舌を絡ませ合っていた。貪りつくすような濃厚な口づけに、息を継ぐのもやっとでザナルフの情熱の海に溺れそうになる。

「お前の口は気持ちいい……。今夜は全てを味わうつもりだ。お前の果実を一つ残らず」

「か、果実……ですか?」

呆けた顔でフローリアが聞き返した。

「ああ、手始めにまずここだ」

「ふぁっ……!」

腰を支えていたザナルフの手がゆっくりと這い上り、フローリアの胸のふくらみを包むように握り込んだ。いつもはその存在さえ忘れている乳房が、男の手の中で重たく張り詰める。

「フローリア、お前は小柄なのに、胸は手に余るほど大きいな」

「ご、ごめなさっ……」

「謝ることではない、それが堪らなくいい」

やわやわと揉みしだいて、その感触を堪能するように動かすと、今度は着ていた寝巻の紐を解いていく。

「あっ、寝巻が……」

「寝巻を着ていたのでは、お前を味わえないだろう?」

なにをおかしなことを……とでもばかりに、フローリアの胸元の紐をしゅるしゅると解いていく。

フローリアは困惑した。

もしも、これが本当の娶りの儀式——、初夜であるなら教わっていたものと違う。夫にベッドに横たえられ、下着をそっと取り払われて、寝巻を捲り上げられる。少しだけ足を開くと、夫が厳かにその中に入ってきて、男の性器から子種を腹の中に注がれると教えられたのだ。どうやって注がれるのかはよく分からないままだ。娶りの儀式でザナルフが注いでいた熱いものが子種なのだろうか?

そんなことを考えているうちに、寝巻があっけなく取り払われ、素肌を露にされた。男の手に揉まれて厭(いや)らしさを甘く纏(まと)った乳房がザナルフの眼前に晒されてしまっている。

これまで異性の目になど触れさせたことなどない。

はじめてのことに身体が硬直して動かない。全身が羞恥で淡い桃色に染まる。

「なんと……、これほどの肌は見たことがない。真珠のように白い。乳房にも可愛らしい花が咲いている」

「ひぁん……ッ」

二つのふくらみは、同時にザナルフの両手に包まれた。口の中と同じぐらい手も熱い。

ザナルフは指を沈み込ませるようにして、やわりと揉みしだく。

ときおり両手で掬い上げては、たっぷりとしたその重みを堪能している。

「ふ、みずみずしい乳房だ。フランツにもこんな風に揉まれたのか？」

あまりのことに目を見開く。フランツとは初夜はおろか口づけさえもしていない。結婚式でも軽く触れあわせた程度だ。

答えられずにいたことが、同意したように受け取られてしまったようだ。

突然、むっとした顔になって指先にぐっと力が籠る。

「やぅっ…っん、ぁ……っ」

「久しぶりに男に触れられて気持ちいいか？　ああ、まだ少し硬いな。こうやって揉みしだけば、だんだん解れるだろう」

今度は優しい手つきで、フローリアの柔肉を解していく。

身体の奥が熱い。こんな風に触れられるなんて恥ずかしい。なのにじんわりと気持ち良さが広がって、もっと触れて欲しいとさえ思ってしまう。

「ほうら、解れて肌がしっとりと手に吸いついてきた」

そう言われても、フローリアにはよく分からない。胸の頂が芽吹くように勃ちあがってきてつんと張りつめる。

「ふ、蕾が可愛らしく尖ってきたな。これも愛でてやろう」

「ひっ……、ぁんっ……！」

伸ばされた人差し指が突起を可愛がるように触れる。

フローリアは、痙攣したように小刻みに震え、棒立ちのままザナルフの指がもたらすもどかしい刺激に耐えた。

ザナルフは目元を細めると、ずきずきと疼く突起をきゅうっと摘まみあげる。

「んっ、やぁっ……」

ビクンと背筋が弓なりにしなって、甘い刺激が胸の先から走り抜けた。

「気持ちいいか？　感じやすいな。こんなにこりこりに尖らせて。可愛い反応をする」

ザナルフはフローリアの痴態を見て喉奥でくつくつと笑いながら、なおも敏感な胸の頂を優しくいたぶってくる。

フローリアは驚きに包まれた。

男が女の胸の先を楽し気に弄ぶということに。そこから気持ちよさが生まれてくるということが信じられない。

全身の肌がぴりぴりと覚醒して、今まで気づかなかった五感が目覚めていく。

蕾をきゅっと摘ままれ揺さぶられれば、砂糖水のような甘い痺れが滝のように身体の中に流れ込んでくる。

「見ろ。こんなに物欲しそうに色づいてきた」

そう言われて視界に入ったのは、つんと勃ち上がった乳首を弄るザナルフの太い指。ざらざらとした感触が厭らしさを無垢な体に教え込んでいく。

乳房を揉んだり、蕾を指の腹でいたぶられると、手足から力が抜けていつのまにかザナルフの腕にすっぽりと収まるように体を預けていた。

「ん……っ、ザナ、ルフ……、も……、そこ、だめ……」

「胸だけでこんなふうになるとはな。今夜はフランツなどすっかり忘れさせてやろう」

「ひゃ……」

ふわり、と身体が突然浮く。気が付いたときにはベッドに下ろされ、ぎしっと音を立ててザナルフまで一緒に乗り上げてきた。

フランツのことは、もう何とも思っていない。それどころか、軽蔑すらしている。それでもなお、ザナルフはこうもフランツに執着するのだろう。

人として真摯(しんし)で誠実なのは、ザナルフの方なのに。

「あいつはどんな風にお前を抱いた？」

片腕をベッドについて、じぃっと射すくめるように見下ろされた。もう片方の手は、白い胸の頂にある蕾を優しくいたぶっている。親指と人差し指で、弄ぶようにこりこりと摘ままれただけで、思考が麻痺（まひ）してしまう。

もとよりフローリアの答えなど期待していなかったのだろう。ザナルフは、瞳をぎらつかせた。

「――だが、お前はもう、俺のものだ」

「あ……、お許しを、んっ……」

ゆっくりとザナルフの顔が落ちてきた。

唇じゃない。胸の蕾の上に。

伸ばされた舌が薄桃色の乳輪をざらりと撫でてから、つんと兆した乳首をじっとりと嬲る。

指とはまるで違う生々しい感触にフローリアは慄いた。

いけないことをされていながら背徳的な愉悦が込み上げ、なんとか理性で歯止めをかけようとしても無駄だった。

たっぷりと舌で弄ばれたあと、その頂ごと口の中に含んで吸い上げられる。

「ひっ……、うんっ……」

ちゅうっっと音を立てて吸われ、思わず背中が浮き上がった。

「そ、そんなに吸っちゃ……やぁっ、んんっ」

「小さな蕾が、赤く膨れて口の中でこりこりになっているぞ。……堪らなく美味（うま）い」

指でさんざん扱かれて弱くなった胸の突起が、口の中で転がされ、舐めしゃぶられて、さらに熟れて弱くなる。

「ああ、しゃぶればしゃぶるほどに甘くなる」

窓から差し込む月明りと星屑の瞬き、小さな蠟燭の灯りだけを集めた部屋に、ザナルフの欲望の炎がゆらゆらと燃えさかる。

銀に濡れた糸を引きながらゆっくりと口を離した後、さらに大きく口を開けて、まるで桃にかぶりつくように乳房の先端を口の中に含んだ。皮膚の薄い乳輪を通して淫らな熱がまざまざと伝わってくる。

「んあぁっ……——」

まさかそんな所が敏感だとは思わなかった。

きゅうんっと甘痛い痺れが走り、身体を捩ってどうにか耐えようとする。

「ここが好きか？　フランツとどちらが悦い？」

「そっ、んなこと、分からな……あっ」

ザナルフはフローリアの答えが気に入らなかったのか、執拗に凝った乳首を舌で押し潰し、甘く嚙みしだく。

フランツの断片さえも思い浮かばない。今はザナルフのことで頭が一杯だ。ただザナルフから齎される甘美な疼痛に、淫らにも痴態を晒さずにはいられなかった。

「あぁ……、ぁん……っ、やぁ……」

代わる代わる口の中に咥えこまれるたびに、ぴくんぴくんと白い身体が跳ねる。

フローリアは抑制の効かない肢体をただ、ザナルフの下で身悶えさせ甘い声をあげた。

――いやらしいことをされているのに、どうして胸が高鳴るの？

腰の奥から絶え間なく熱いものが込み上げてくる。

「こんなに感じやすいとは。鸚鵡の姫ではなく、金糸雀だな。いい声で啼く。そらもっと啼け」

「ひぁん、あぁ……ぁんっ、あぁ……」

声を出そうとして出したわけではない。出したくなくて我慢しているのだ。それでもいたぶられるたびによがるような喘ぎが零れてきて、泣きそうになる。

ザナルフに抗えない。気持ちよくて堪らない……。

「うん？　なぜ瞳をそんなに潤ませている。もっと違うところを感じさせてほしいのか？」

ザナルフは、残念そうに蕾をちゅっと吸った後、唇を乳房の谷間、みぞおち、臍へと滑らせていく。触れられた場所のひとつひとつに、じんと甘い火種が灯っていく。

同時にごつごつした指が太腿に伸びてきた。ゆっくりと這い上って、柔らかな薄い茂みに指先が触れる。

「ひぁっ……」

驚いて変な声をあげてしまった。

ザナルフのごくりと唾液を呑み干す音が、やけにいやらしく響いてどきんとする。

「お前はここの繁みも薔薇を溶かしたような金色なのだな」

「だめですっ……、そこは……っ」

「何がダメなんだ？」

「ふ、不浄の場所で、濡れて……汚いですから……」

するとザナルフからふっと笑顔が零れる。

「本当にそう思っているのか？　フランツはここには触れなかったのか？　それなら俺がこれからしようとしていることを知ったら卒倒してしまうかもしれないな」

秘められた泉を守るように薄く広がる草むらを掻き分け、ザナルフの節くれだった指が伸びてきた。割れ目の中に指先が入った時、くちりという淫猥な音がして花びらを左右に押し開かれる。

フローリアは、羞恥のあまりヒュっと息を呑んだ。

「やぁっ……、そんな、ところ……っ」

「ほう、思ったとおり、透明感のあるピンク色だ。まるでさくら貝のようだ」

──ザナルフに見られている。見られているどころか、じっくりと観察されている。

熱を持った視線に晒されて、秘肉がひくり、と震えた。

蕾のように硬く閉じていた花びらを強引に掻き分けて、ザナルフは鼻を近づけて蜜壺から溢れる蜜の香りを嗅ぐ。

「いい匂いだ。甘そうな蜜をとろとろに滴らせて」

そういうや否や、フローリアの太腿を摑んで上に持ち上げた。胸についてしまいそうなほど、ぎゅっと押し上げられる。

まるで赤ん坊のおしめを替えるような格好にされ、あまりの恥ずかしい姿に気が遠くなってしまいそうだ。

「や……、こんな……ああっ！」

あられもない場所に顔を埋められ、長い舌先が伸びてきた。無防備になった尻肉のあわいから、薔薇の花びらのように色づく秘芯に向かってべろりと舐め上げる。

「これはすごい。極上だ」

すぐに生温いものが、肉びらにぬくりと差し込まれた。

零れ落ちるとろとろの蜜を掬い上げ、蜜口からじわりと淫唇を舐め上げていく。

花びらの上、その内側……。

喉を鳴らしながら余すところなく柔らかな肉襞を舐め溶かしていく。

「ゃ……っ、はぁっ……、くふっ、ひぁん……──っ」

──うそ……でしょう？　フローリアは、目を疑いたくなった。

男の頭がフローリアの股間で蠢いている。

熱い吐息を吐き出しながら、ねっとりと淫唇を嬲るようすは、とてつもなく淫猥だ。

自分よりもはるかに熱いと感じられる舌肉が、濡れた媚肉の割れ目に沈み込んで行き来する。あとからあとから蜜が零れてきて、ザナルフがそれを褒美のようにずずっと音を立てて啜りあげた。

フローリアはその度に悶え、堪えきれずにシーツをわし摑みながら、腰をぴくんぴくんと跳ね上げ快楽の淵を彷徨った。

「匂いも味もみずみずしいな。男を知っているとは思えない」

「あ……、あ……、んぅっ……──」

感じてしまう。ぬるぬるした感触が堪らない──。

込み上げる愉悦に腰骨がじぃんと熱をもち、フローリアはたまりかねて熱い吐息を何度も零す。

身体中が焙(あぶ)りだされているように熱い。

せり上がってくる快感に全身が沸き、秘唇がヒクヒクと興奮に震えだす。

「ああ……、美味い。花びらも柔らかく蕩けてきた。こっちには、もっと美味しそうな実がなっている」

──どきんと心臓が打つ。なんだか淫らな予感がした。

「ココを舐めたら、すごく気持ちがいいぞ」

まさか……。

肉びらを存分に堪能した舌が、今度は張りつめて剝き出しになった秘玉に容赦なく巻き付いた。

「ふ、ああ……っ」

「う……ん、もうこんなにぷっくりと膨れている。この前は指で可愛がってやったから、芽が少し育ったか」

ザナルフの喉が、まるで美味しいエサにありついた猫のようにゴロゴロと鳴る。

花芯はとろとろになってぽってりと熟れている。その形をなぞるようにざらつく舌で舐められた。

溢れ出した蜜をたっぷりと肉芽に撫でつけられる。

「――っ、あぁぁ……」

――もうだめ、おかしくなっちゃう。

ざらざらした舌の表面。滑りのよい舌の裏側。まるで生き物のように蠢く舌先。

それらを駆使して、フローリアの敏感で無防備な蕾を執拗に可愛がる。

息も絶え絶えになりながら、堪らずに腰を浮かせると、がっしりと抑え込まれてびくともしない。逃げ場のない状態で、花びらを押し広げられ、剝き出しになった肉芽をこれでもかと甘く責められた。

フローリアはローズブロンドの髪をいやというほど打ち震わせた。啜り泣きが止まらない。

鼻先から漏れるザナルフの熱い息を敏感な花芽に感じると、もう堪らなかった。

「くっぅぁ……ん……、ひぁ……ん」

まるで浜辺に打ち上げられた魚のように白い身体がぴくぴくと波打っている。

脚を抑え込まれているので自由が利かない。それがかえって快感をため込み、もどかしさを煽っている。

真っ白な尻を男に晒し、赤く色づいた秘芯が丸見えだ。

ザナルフの舌で舐め転がされるたびに、感じ入ってはしたなく蜜を吹き零していく。

「お前の蜜は、なんとも美味だ。肉びらの舌触りも極上だ。一晩中ココを舐めて可愛がってやろうか」

「ひぁ、あひ……ザナ、ルフ……っ」

なんとも恐ろしいことを言う。

お腹の深いところが、無性に熱くてきゅうきゅうと疼きだしてきた。

身体中が、とりわけ蜜を溢れさせている口のような所が、ぱくぱくとはしたなくヒクついている。

恍惚に頭がぼやけ、いやらしいことをされているのに強請るような甘い声がとめどなく上がって止まらない。

「よしよし、こんなに蜜口をヒクつかせて可愛いな。俺の舌が気に入ったか？　ん？」

フローリアは涙をためてただ頷いた。

思考がついて行かない。こんなに淫らなことは、もう終わりにしてほしかった。堪えられそうにない。

ザナルフが、満足げな笑みを漏らす。

「いい子だ。どうやらフランツはここを可愛がらなかったようだな。褒美をやろう」

息を呑んだ瞬間、限界まで赤く敏感に膨れた肉芽を唇ですっぽりと含まれた。

明らかに今までとは違う種類の愉悦が押し寄せる。

そのままじゅうっときつく吸い上げられては、ひとたまりもなかった。

「ひゃぁぁぁっ……——ッ」

大きな快感のうねりが襲いかかる。秘芯が灼けるように熱い。

無防備なまま、いきなり大海原に投げ出されてしまったような感覚——。

瞼の内側で弾けた光がキラキラと波に反射して、恍惚の波に呑み込まれてしまったようだ。

「……い、いく？」

「よしよし、イけたな。素直な身体だ」

息が上がり腰ががくがくと戦慄いている。手足にまったく力が入らない。

何かとてつもないことが起こり、自分の身体が違うものに変えられてしまったようだ。

「もっとたくさんイけ」

「ひぅん……っ！　ザナ、ルフ……、や……、あ、あ、だめ……」

「ほら、俺の口の中でお前の蕾がもの欲しそうに震えているぞ」

なおもザナルフが達したばかりの敏感な肉芽をすっぽりと口に含んだ。

絶頂を極めた身体は、快楽に慣れるどころか、さらに弱くなる。

唾液を絡ませながらちゅっと軽く吸い上げられただけで、いとも簡単に達ってしまう。

なのに、舌の動きは収まる様子がない。

ぷっくりと膨らむ淫玉を極上のアメ玉のようにころころと転がして、執拗に愛撫し続けている。

「くふぅ………んっ……」

フローリアは、舌が蠢くたびに尻を小刻みにビクン、ビクンと跳ね上げさせた。

あまりの快楽の強さに苦しいほどだ。何度も愉悦に突き上げられ、涙をこぼしながらいやいやと首を打ち揮う。

「うっ……、も、や……、ムリ……なのに」

そう訴えてもザナルフは気にも留めない。留めないどころか、媚肉をさらにぐいと広げて、肉芽をありえないほど剝き出しにした。

「何を言う。まだまだこれからだ。ほら、こんなに可愛く尖ってる。ここが気持ちいだろう?」

それを食べてしまうのではないかと思うほど、舐めまわし、じゅくじゅくと吸いついてくる。

「ひぁ……、あふっ……、はぁ……んっ」

ヌルつく舌が、濡れた口が気持ち良くて堪らない。

これ以上されては、もう頭がおかしくなってしまう。

身体がひっきりなしにがくがくと震え、絶頂に達したまま、なんど高みに押し上げられたか分からない。

ほとんど手足にも力が入らず、ザナルフに求められるまま、快楽の波間を漂っている。

「うん？　そんなに気持ちよさそうな顔をして。気に入ったのなら毎晩舐めてやろう」

信じがたい言葉にぎょっとする。

「こっちもヒクついてるぞ」

さらにぐいっと両脚を広げられた。なにを思ったのか、ザナルフはフローリアの蜜口に長い中指をずぷずぷと含ませていく。

「ひぁ――――ぁんっ……！」

反動で仰け反り、晒け出された白い喉がひゅっと鳴る。

――信じられない。

自分の身体にこんなに深い場所があったことも、そこに男の指を沈められたことも。異物を初めて呑みこんだ蜜壁は、きゅうっとザナルフの指を喰い締める。その反応はフローリアの思いもしなかったものだ。まるで離すまいとするように、きゅうきゅう締まって吸いついている。

「なんと、処女のようにきついままだ。よほどフランツのものはお粗末だったのか？」

傲慢な物言いで、くっくと忍び笑いを漏らしている。

ひとり優越に浸ったような、慾の籠った目つきで見つめてくる。

「わ。私は……、んっ、初夜を……、あ……っ」

まだ閨事（ねやごと）の経験がないと訴えようとしたとき、ザナルフがずるっと指を抜き、再び押し広げるように挿れてきた。そうして、ぬちぬちと長い指を出し挿（い）れする。

敏感な内側の粘膜を、ザナルフの太くて大きな指の腹でなぞられると、きゅうんと膣肉が収縮する。

怖いのに、思いがけず優しく中を探られると気持ちが良くて、抜き差しされるたびにそこが熱く疼いてしまう。

とめどなく吹きこぼれる透明な蜜が、後ろの窄まりやシーツにまで滴り落ちた。

こんなに卑猥なことをするのは、ザナルフが蛮族だから？

「気持ちが悦（い）いだろう？」

否定しようと思ってもダメだった。

蜜がとろりと伝い落ちる感触にさえ、堪（こら）えきれずに鼻にかかった甘い声が漏れる。

「くふっ……、あぁっ……」

「きゅっと締まって可愛い孔だ。ほうら、だいぶ解れてきたぞ」

いつの間にか指を増やされて、ぐりっと捻（ひね）るように挿入された。蜜壁が嬉しげに絡まり、指の形がありありと分かるほど、ザナルフを締めつける。

「こんなにしゃぶりついてくるとは、お前も早く欲しいのだな？」

目を細めてフローリアを見下ろすと、ザナルフは唐突に指を引き抜いた。

瞬間、身体から力が抜け、僅かに残った理性がほっと胸をなでおろす。

――なのに。

ザナルフは履いていたズボンの腰紐をほどき始めた。微かに差し込む月の光に浮かび上がる肉体は強靭そうで、蠟燭の揺れる炎を受けて、褐色に艶めいている。

逞しい身体は、男らしい雄の色香を放っていた。広い肩甲骨は見事な逆三角形で見惚れるばかり。厚みのある胸筋には、少しだけ色の薄い乳首があり、フローリアはとくんとする。

その下に続く腹筋は、波のようにいくつにも隆起し、美しい造形を造り上げていた。守護神と見まごうばかりの彫り物は、まるで背中から広がった羽のようで、フローリアはその神々しさに目を奪われる。

――まるで青鷺だ。

彼は本当に青鷺の化身なのかもしれない。

その姿は凛として何者をも寄せ付けない、生まれながらに孤高の強さを兼ね備えているように思えた。

惚けたように見つめていると、ザナルフはズボンを降ろし、ゆっくりと脱ぎ捨てた。

すると下腹のさらに下に恐ろしいものが屹立しているのが見えて、青くなる。

フローリアもフランツとの初夜を迎えるにあたり、女官から閨の教えを受けていた。男性の股間には女性と形の違う長い性器があると。その陰茎から子種を腹の中に注がれる……とは聞いていた。

男性器の大きさは人により、まちまちだという。それでも噂によるとフランツはごく一般的であるから、フローリアでも難なく受け入れられると聞いていた。

なのにどうだろう。

フローリアはごくりと唾液を呑み込んだ。

たぶん股間にあるのだからそれは、ザナルフの男性器――、陰茎のようだ。ズボンから解放された雄は、まるで太い剣のように天に向かって恐ろしいほど突き出ている。

長さや太さも、たぶん並外れているのではないだろうか。長い幹には赤紫の脈が走って、その禍々(まがまが)しさといったらこの上ない。

なによりも太い幹の先端が卑猥な造形をしている。

大きく膨れて、てらてらと光っている。蛇の頭のように括れた立派なエラが、くっきりと張り出し妖しげな様相を醸し出している。

思わず息を呑むと、ザナルフが獰猛な眼差しを向けた。

「どうした？　じっくりと見て、フランツのモノと比べているのか？」

見入っていたことを言い当てられ、かぁ――と頬が火照る。

なのにザナルフは、何を思ったのか強引にフローリアの太腿を割り開いた。

「ならば、どちらが悦いか味わって確かめてみろ」

ザナルフは陰茎の根元を握ると、大きなエラを蜜口に沈みこませ、狭い入り口をぐりっと押し広げた。

「あっ、やぁあっ……」

長大な塊が身体の中に挿入ろうとしている。火傷しそうなほど蜜口が熱くなり、入り口が引き裂かれてしまいそうだ。

「やぁっ……、だっ、ムリっ、んっ……」

「くっ、やっぱり狭いな」

「——っんぅっ」

あまりのことに声が出ない。

ザナルフは膝立ちになり、さらに両膝を割り広げて肉棒を押し込めるように腰を動かした。ぐぷっと音がして蜜口がザナルフの塊を咥えこみはじめる。

「ひぁっ……、や……、……めっ……んっ」

先端が入ったことで、めりめりと音を立てて、長い男根が埋められていく。まるで串刺しにでもされてしまいそうだ。

「ッ……、力を抜け……」

ザナルフが熱っぽい吐息をつき、束の間、感じ入ったように目を閉じた。その表情を見たフローリアは、不思議になった。

ザナルフは気持ちがいいの？

なぜかは分からないが、その表情にひどく心が甘く掻きむしられる。

自分はキリエのような特別な薬や癒し方を知らない。でも、自分なりに癒してあげたくて、手を伸ばしてザナルフの後頭部を引き寄せる。ちゅ……と熱い唇に触れたとき、ザナルフは目を見開いた。

「――リア、ああ、フローリア。可愛い顔をしてその小さな胸で、お前が想っているのは誰なのか……」

ザナルフはシーツに手を着くと、腰を大きく後ろに引いた――のも一瞬でがちがちに勃起した太茎をずぷりと呑み込ませ、いっきに突き上げた。

「あぁっ…………！」

身体の奥で、何かがぶちりと切れた気がした。途端に灼けつくような痛みが襲ってきて、じんじんする。なにより、圧倒的な質量をもった熱いものがフローリアの内部でドクドクと脈打っている感触に慄いてしまう。

胎の奥にまで埋まった男根がフローリア以上の熱を放っていた。

「――っ、リア、まさか、初めてなのか？」

挿入したまま額に汗を浮かべて、ザナルフが驚ききった顔で見下ろした。

フローリアは、返事をする代わりにゆっくりと瞼を閉じる。すると目尻に溜まっていた雫が、つぅっと煌めきながら頬を滑り落ちていった。

「――なぜだ？　フランツはお前の夫だったのだろう？」

「ふ、船で……、結婚式の後、船酔いになってしまって……。だから、初夜は、できなくて……」

「——なんてことだ。ああ、フローリア、分かっていれば優しくしたものを。許してくれ」

フローリアは、静かに首を横に振る。

驚いたものの初めての相手がザナルフだったことが嬉しい……。男女が結ばれるということが、こういうことだったのかと思い知る。

ザナルフに娶られる——。それが自分の運命（さだめ）のような気がしてきた。今初めて、ずっとザナルフとともに生きたいという気持ちが芽生えた。

この島で、永遠に——。死が互いの魂を分かつまで。

フローリアは瞳に涙を浮かべて、感極まったようにザナルフを見つめた。

「破瓜（はか）の痛みで、辛いだろう？」

潤んだ瞳を見て、痛みのせいだと思ったのだろう。

ザナルフは雄茎を引き抜こうとした。すると行かないで、というようにフローリアの蜜襞がきゅっと締まる。

「……っ」

ザナルフが苦し気に唸る。フローリアはその頬を両手で包み込んだ。

「痛いというより、じんじん……します。熱くて……太くてナカが一杯で……。でも、なんだか幸せで……」

するとザナルフの雄茎がどくりと脈打ち、さらに質量を増した。

「くそっ、フローリア、可愛いにもほどがある」

ザナルフの唇が下りてきた。自分のものだと言わんばかりに唇を吸われ、甘い気持ちに満たされる。

「リア、お前が欲しい。俺の妻になれ。このまま続けてもいいか?」

フローリアはこくりと頷いた。

ザナルフの子種を受けて、これを正式に娶りの儀式にしたい。ザナルフの妻となって一緒に生きていくために。

「でも、お願いがあります……」

「お前の頼みなら命をかけても惜しくはない」

「いいえ、この指輪を引き抜いて、捨てて欲しいの」

「指輪を……?」

ザナルフが不思議そうにフローリアの左手の薬指に嵌められた、大きなエメラルドの指輪を見つめた。

「これは、フランツから結婚の誓いに頂いたもの。だから――」

するとザナルフは、すぐに分かったようだ。すっと指輪を抜き去ると、まるで手についた虫けらのように窓の外に向かって放り投げた。窓のはるか下は、断崖絶壁。深い海だ。

ザナルフは指輪の抜けたフローリアの薬指に口づけをすると、指に手を絡めてぎゅっと握りしめた。

「フローリア、お前は俺のものだ」

「ひぃぅんっ……」

狭い蜜壁に馴染ませるように、腰をゆるゆると揺すり始めた。身体の中でザナルフが脈打っている。その存在が大きすぎて、怖いくらいに幸せを感じる。

自分を満たすザナルフの幹。

張り出したエラが柔らかな媚肉を押し広げ、みっちりと根元まで隙間なく埋められる。自分ではない人に、自分を満たされているという思いに、ひどく感じ入ってきゅんと蜜洞が締まると、ザナルフの猛々しい形をくっきりと胎の中に感じた。

私の中にザナルフがいる……。

「ああ、リア、フローリア、なんて熱い。俺のものが溶かされそうだ」

「私も……、ザナルフ様で、いっぱいで……」

鈍い痛みから甘い疼くような快感が生まれ始めた。

グチュヌプと淫らな音を立てて、太い亀頭が蜜壁をなぞるように行き来する。グプンっと奥を突き上げられれば、たちまち深い快感に呑み込まれてしまう。

「ああんっ……、ザナルフ、ザナルフ……」

あまりの愉悦に無我夢中でしがみ付いた。ザナルフは一瞬息を呑み、それをきっかけに腰遣いが猛々しくなった。フローリアは振り落とされまいと、褐色の肌に食い込むほど必死で背中に手を回す。

ねっとりを腰を回し、内臓まで掻き乱すようにグチュグチュと揺さぶってくる。

重ねられた汗ばんだ身体が、フローリアに熱い思いを伝えてくる。

このままザナルフの熱に溺れていたい。

ローズブロンドの髪が、ザナルフの腰の動きに合わせて波のように畝る。

「可愛い……。リア、俺のフローリア」

ザナルフは飢えた獣のごとく追い上げをかけた。

ぱしゅん、ぱしゅんと部屋の外に聞こえそうなほど、激しくて卑猥な性交の音が響き渡る。

長い雄茎はさらに太く張りつめ、フローリアの最奥を生々しく抉り、容赦なく突き上げた。

「ああっ……くぅん……っ」

腰の奥が熱い。身体中に官能の嵐が巻きおこる。

みっしりと広げられた蜜壁が痙攣し、雄幹にきゅうっと絡みついて締め上げた。

「う……ああ、リア……、射精るッ」

ザナルフが仰け反って呻いた。

瞬間、肉竿がビクンと嘶いたように跳ね、亀頭がむくりと膨れてせり上がる。

夥しいほどの精が迸り、ビュルっと勢いを増して吹きこぼれ、子宮をいっぱいに満たしていく。

体内で脈打つザナルフの分身を感じ、フローリアは法悦に酔う。

どこか色香を宿した双眸に見つめられれば、狂おしいほど甘く切ない思いが溢れてくる。

——ザナルフが好き……。

雄の精の匂いに眩めきながらも、フローリアは確かな愛しさを感じていた。

どくどくと吐き出される熱に、ザナルフが堪えきれずに何度か腰を揮い、フローリアの肢体に低く、熱い吐息を零していく。

ぴったりと重なり合い、二人は深く繋がりながら共に恍惚の間を漂っていた。


それから後の時間は、ザナルフとフローリアにとってさらに甘美で濃厚な刻となる。

互いの身体に溺れ、ザナルフは果てのない欲をフローリアに吐き出した。

「……リア、お前を……している」

最後に果てたときに耳元で囁かれたのは、愛の言葉だったろうか。二人の身体は、互いの淫液に塗れながらも、法悦の色に染められていた。

ザナルフは疲れ果ててすやすやと眠るフローリアを懐深くに閉じ込めながら、夜空が白む頃にようやく眠りについた。

暁の星が瞬く窓からは、早暁の風がふわりとそよぎ、熱く絡みあった吐息も淫靡な精の芳香も、すべてを攫って溶かしていく。

まるで、いつまでも続くかのように思える幸せの時間——。

二人の安らかな寝息だけが奏でられる部屋に、ふいにかたんという音が響いた。

ザナルフの寝室の外で息を潜めていた人影が、そろりと階段を下りて行く。その足音に全く気付くことなく、二人は幸せに満ち足りた眠りの海の底に沈んでいた。

＊　＊　＊

潮の香りが鼻をくすぐり、波の音が聞こえてくる。どうやら自分は砂浜にいるようだ。

足もとを見ると白い砂浜の上に巻貝が打ち上げられていた。そっと拾い上げて、耳に当ててみる。

すると、どくどく、という力強い鼓動が聞こえてきた。耳に当てた巻貝からは、人肌(ひとはだ)のようなあたたかな温もりが伝わってくる。

何かがおかしい――。そう思ったとき、ぱちりと目が覚めた。

目の前には陽に灼けた逞しい胸があり、フローリアはがっしりとその懐の中に抱き込まれている。

「おはよう、フローリア。お前は寝起きも可愛らしいな」

穏やかな声が落ちてきて、見上げるとザナルフが柔らかく目を眇めてフローリアを見つめていた。

二人とも裸のままでザナルフのベッドで抱き合って……

かぁぁっと頬が羞恥で桃色に染まる。

夢ではない。昨夜はザナルフと結ばれたのだ。

何度も白濁を注ぎ込まれて、ついにはいつの間にか眠りに落ちてしまったらしい。

昨夜の交わりこそが、二人にとって本当の意味での娶りの儀式だったのだ。フローリアにとっては嵐のような一夜だったが、それでもたっぷり精を注ぎ込まれた下腹部には痛みなどはなく、じんわりとした優しい温かさが灯っている。

なにより、女としてザナルフ受け入れることができて嬉しい。幸せで涙が込み上げてくる。

「お、おはよ……ございます」

「俺の腕の中で心地よく眠れたか？」

ザナルフはフローリアの顎をクイっと上げて、腫れぼったい唇にちゅっと口づけた。

朝から甘やかな空気が立ち込める。

昨夜、互いの汗や蜜、ザナルフの精でとろとろになった躰は、思いのほかさっぱりしている。先に目覚めたザナルフが綺麗に拭き取ってくれたのだろうか？

ちゅ……と蜜音をたてて唇を離された後、ザナルフはフローリアを見つめてきた。

「はい、あの……いつの間にか寝てしまって」

「夕べはフローリアの中がとろとろで、気持ちが良すぎて自制が効かなかった。だが、お前は可愛い俺の宝だから壊してしまってもいけないからな。次からは一晩に二回、いやいや三回……、五回までならいけそうか？　ああ、それに一晩中舐めるというのもあったな。今度はそれを……」

「だっ、ダメです……！」

フローリアは上半身を起こして、今にも組み敷こうとするザナルフを必死になって押しとどめた。

そんなことをされたら、きっと自分はひとたまりもない。

「ダメなのは何が？　五回がだめなのか、一晩中舐めるのがダメなのか」

「そっ、その両方ですっ！」

するとザナルフにひょいと体を持ち上げられ、足の間に埋められた。背中からぎゅっと守られるように抱きしめられれば、伝わる熱い温もりにとくんと胸が鳴る。

「ふ、可愛いフローリア、今まで生きてきて、今日が一番幸せな朝だ。お前が愛しくて堪らない」

「ザナルフ様……」

それはフローリアも同じだった。心はザナルフとともに生きていくことを決めていた。

ただひとつ気がかりなのは、フローリアの国では、王族の離婚は認められていないことだ。

どちらかが亡くなったり、不治の病に犯されていれば話は別だ。だから自分はいまでも国に戻れば、フランツの妻ということになってしまう。ましてや故国では宗教的にも重婚は重罪にあたるのだ。

自分の国の法に当てはめると不安になるが、そもそもフランツがザナルフに私をくれてやると言ったのだ。いわば、彼から離婚を言い渡されたのも同然。フローリアには、なんの落ち度もない。死が二人を分かつまでという結婚の誓いを破ったのはフランツのほうだ。それにザナルフの言うとおり、フランツは自分の面目を保つため、きっと私のことを嵐で死んだとでも言っていることだろう。

もう、思い出したくもない。

今まで生きてきた世界とはきっぱり決別しよう。自分は、ザナルフとともに生きていきたい。

「その可愛い頭で何を考えている？　フローリア、夕べ、お前のことを金糸雀に例えたが、本当に小鳥のように俺の腕からすり抜けていなくなってしまいそうで怖い」

ザナルフの声が耳元に吹きかかった。

「……ザナルフ様。決していなくなったりしません。私は夕べ正式な妻になったから……。この島でずっとザナルフ様のそばで生きていきます」

「ああ、フローリア……、お前のことは俺が守る。だから俺を愛してくれ」

力強く広い胸の中に引き寄せられた。ザナルフの肌の熱さが心地よくフローリアの肌に馴染む。愛する人に抱かれるのは、なんて幸せな気持ちになるのだろう。

覆いかぶさってきたザナルフの唇に、自分の唇を委ねた。

ちゅ……、ちゅ……という甘い蜜音が響き、ザナルフの舌と溶け合い口づけを深めていく。

「くっ、フローリア……、なんて可愛い……」

またもやザナルフがフローリアをベッドに押し倒そうとしたとき、開け放たれた窓からバサバサっと音を立てて何かが飛び込んできた。

「ひゃっ……」

「――リアっ！」

間髪を置かず、ザナルフは自分の身体でフローリアを庇う。

すると寝台の上で二人の足元に舞い降りたのは、一羽の黄色い鸚鵡だった。まるでフローリアを遊びに誘うように、とんとんと小さく跳ねながら体を揺すっている。

「まぁっ！　――ザナルフ、あの鸚鵡よ！　こっちにおいで……」

フローリアが手を広げると、鸚鵡がちょこんと腕の中に入ってきた。

「可愛い……。お前に帰る家はないの？」

そう聞くと鸚鵡は、まるで言葉が分かっているかのように首を縦に振る。

「可哀そうに……。ねぇ、ザナルフ、この鸚鵡を飼ってもいい？」

フローリアがこれ以上なく、屈託のない愛らしい笑顔を向けてくる。

ザナルフは、自分の下半身に鎮まれ！　と苦渋の決断を下した。

今しがたフローリアと目覚めのいっぱ……、いや、目覚めてからも愛を確かめ合うべく、いい雰囲気になったというのに、この鸚鵡に邪魔をされてしまった。

股間の雄茎は期待で猛っているというのに、全くフローリアときたら朝の男の生理現象を分かっていない。

でも、そういうところが可愛くて仕方がない。王族だからプライドばかり高い姫かと思っていたが、誰にでも愛される素質を兼ね備えている。

こんなに愛らしい笑顔を向けられては、異を唱えることなどできない。

「……フローリアの好きにしたらいい」

「ほんとう？　なんて寛大なの！　ありがとう」

――くっ……、この笑顔、可愛すぎるだろう。

ザナルフの雄が痛いほど、がちがちになる。それでも冷静さを保って声を出した。

「……この部屋に鸚鵡が留まれるような木を探してこよう」

フローリアが嬉しそうに、ザナルフに顔を近づけた。お礼の口づけに違いない。

すると鸚鵡がいきなりザナルフとフローリアの間に割って入り、口づけを阻止するかのようにザナルフに向かって羽をばたつかせた。

ザナルフはぎらりと鸚鵡を睨む。

鸚鵡は観賞用で丸焼きにできないのが残念だ。すると鸚鵡は殺気を感じたのか、フローリアの胸元にそそくさと隠れようとする。

小狡（こずる）いやつめ。

「よしよし、大丈夫よ。この人は怖くないのよ」

「リア……」

なんという言われようだ。だが、妻が自分に何かを強請ってくるのは気分がいい。

全くこの鸚鵡は疫病神なのか、幸運の使いなのか……。

自分は、相当この鸚鵡に振り回されている。

「何て名前にしようかしら？　ふふ、ね？　ザナルフ？」

「……フローリアの好きにしたらいい……」

ザナルフは嬉々として鸚鵡を撫でさすり、はしゃいでいるフローリアを見て、ゆるく頭を振りながら嘆息した。

第六章　伝説の真珠

「——島を案内してほしい？」

数日後の朝、フローリアアは港に停泊している帆船に向かおうとしているザナルフに駆け寄った。

ザナルフの正式な妻となったこの一週間、彼はフローリアとずっと一緒に過ごし、まるで蜜月のように甘やかしてくれた。夜はたっぷりと愛され、陽も高くなったころ、ザナルフの胸に抱かれたまま目が覚める。

夕暮れの海辺を二人で散歩したり、時には小舟を出し、浅瀬で透明な海中を泳ぐ魚を見せてくれたりと、二人だけの満ち足りた時間を過ごしていた。

フローリアにとっては、楽園のような日々もあっという間に過ぎる。

ザナルフは、この海域の島々を統べる王でもある。この島も含め、周辺の島々を統治しなければならない身だ。今日からはいつもの仕事に戻るというザナルフに、無理を承知でフローリアは頼み込んだ。

「島民の生活をじかに見たいの。キリエのように私は医術の知識も技術もないけれど、なにかお手伝いできることがあるかもしれないでしょう。なにより、この島の人がどんな生活を送っているか知りたいの」

ザナルフは真剣な面持ちのフローリアを見下ろした。

島の中には、フローリアが見て面白そうなものなどたいしてない。たまに近隣の島から商人が来て市が立つぐらいだ。それでも市には島の特産物もそれなりに売っている。それなら、わざわざ不愛想な自分と行くより、キリエやアウラと行った方が楽しいのではとも思う。

「ならば、帆船にいるキリエに案内せようか?」

ザナルフが聞くと、フローリアはきゅっと唇を小さく噛んで首を横に振った。

「あの……、ザナルフ様と二人きりで見て回りたくて……」

ぽっと顔を赤らめる。その様子を見てザナルフは心の中でほくそ笑んだ。

――つまり、フローリアは自分と離れがたいのだろう。

「それなら、明日出かけよう。ちょうど明日の朝には港に市が立つし、その前にしておきたいことがある」

ザナルフはフローリアの手をとると、約束したよというように、ほっそりした指に口づけた。

次の日の午後、フローリアは約束どおりザナルフに連れられて港に向かう。

いつもは城の窓から眺めているだけだったが、こうして改めて広い場所に出てゆっくりと島の中を見るのは初めてだ。

ザナルフと並びながら、集落のある港に向かって歩いて行く。

島に急峻な山はない。なだらかな稜線がいくつか連なり、どれも青々として見える。ザナルフによると、滝や湧水がいくつもあり、潤沢に流れる水の恵みのおかげで、果物畑や島の主食であるタロイモなどの農作もさかんに行われているという。山には野生のヤギや鹿もいると聞いて驚いた。この島は、豊かな山の自然と海に恵まれている。

このあたりの海域には似たような島がいくつもあり、それらの数十もの島々をザナルフが統治しているという。この島を統べていた先の長老が亡くなり、遺言によりザナルフが王となってからは、近隣の島々を束ね、大陸の国々にやすやすと攻め込まれないよう、まずは海の軍事力をあげた。

なにより、この海域の綿密な海図も新たに作ったのだそうだ。いまだ大陸が知りえぬ自然の恵み豊かな島々が多くあるのだという。

それを語るザナルフは、力強くて頼もしく、生き生きとしている。

「あっ、鸚鵡の姫さんだ！」

港に着くと、一人の子供がフローリアに気が付いて駆け寄ってきた。

「ねぇねぇ、今日は鸚鵡は連れていないの？」

するとフローリアを追いかけて飛んできたのだろう。出かけるときは寝室にある止まり木で、うつらうつら眠っていた鸚鵡が、まるで置いてけぼりを食らったとばかりに、フローリアたちの目の前に降り立った。

「わぁ～、鸚鵡だ～」

「姫さんの鸚鵡だ！」

子供たちが目を輝かせて、いっせいに集まってくる。

「鸚鵡は普段は山の中に棲息している。めったに下りてこないから、子供たちも珍しいんだろう」

島の子供たちは、浅く日に灼けた肌をして、男の子は上半身は裸で腰布を巻いている。女の子たちは、亜麻布にカラフルな草花で染めた布を身体に巻き付けて、思い思いの貝を通した首飾りを下げていた。

それが素朴でかえって島の子供たちの魅力を引き出していて可愛い。

「ねぇねぇ、姫さん、この鸚鵡の名前はなんていうの？」

一人の女の子が目をキラキラさせて聞いてきた。

「あのね、ラキ（幸運）というのよ」

すると子供たちはいっせいにラキ、ラキと呼んで羽を撫でたりしている。

「この島の言葉で、ラキと名付けたのか？」

「だって私に幸運を運んでくれたから……」

大渦に飲み込まれそうになった時、ラキがザナルフの乗っている帆船に知らせてくれなければ、今頃は海の藻屑となっていたかもしれないのだ。

ラキに目をやると、小さな子供たちに囲まれてご満悦そうだ。

「ほら、邪魔な鳥がいないうちに行くぞ」

ザナルフはフローリアの手をぎゅっと引いて港に向かう。港にある市には古い帆布を使って屋根にした長屋のような露店が立ち並んでいた。フローリアの国のお祭りのときに出る屋台のようで、なにやらワクワクした気分になる。

「ザナルフ様、こちらを鸚鵡の姫様にどうぞ」

近くにあった花屋の屋台から、女性が花束をひょいと差し出した。花びらは透明感のある黄色で、とても可憐な花だ。葉っぱはハート型をしている。

「わぁっ、とても綺麗……」

その女性から花を受け取ったザナルフは、一本だけ引き抜いて、フローリアの耳に差して飾った。

市にいる島民らは、二人の様子を微笑ましそうに見守っている。

島民から見ても、フローリアの美しさは際立っていた。自分たちとは違う、淡い薔薇の花びらを糸にしたようなローズブロンドの髪、象牙色の滑らかな肌、ぷっくりと熟れた桜貝のような唇。

そんなフローリアにぴったりと寄り添っているザナルフを見て、口には出さないものの、島人は驚きを隠せなかった。なにしろ、『決して笑わない青鷺の化身』、とまで言われたザナルフが、フローリアの隣で島の男たちを牽制するように寄り添い、新妻の機嫌を取っているように見えたのだ。我らが王が、新妻に夢中なのが一目でわかる。

「姫様、その花は、ユウナというこの島のお花です。花言葉は『夢のような想い出』、ですよ」

花をくれた女がにこにこしながら言う。

「こんなに美しいお花なのに、夢のような想い出という花言葉なんて、なんだか寂しいわ」

「——その花は朝に花開いて、夕方にはしぼんで花を落としてしまう。たった一日しか咲かない。だからそういう花言葉になったのだろう。その花の美しさも今だけのものだ」

「まぁ……。なんだか可哀そう」

「だからこそ、美しく感じないか？　ずっと愛でていたくなる花だ」

ザナルフの紺碧の双眸に見つめられて、フローリアの胸がとくりと鳴る。

ずっと愛でていたい……と言っているのは、きっと髪に差したこの花のことだ。なのに、なぜか自分に言われたような気がして、ドキドキする。

「あ、あのっ、ザナルフもこの島で生まれたの？」

フローリアは、気恥ずかしくなって話題を変えた。この島に連れてこられてから、ずっと気になっていたのだが、島民は髪も瞳の色も濃い栗色だ。ザナルフのように漆黒の髪に、青瑪瑙のような紺碧の瞳の島民は誰一人いない。

するとザナルフの瞳がふっと伏せられ、一瞬、翳りを帯びたように感じた。

「いや、違う」

「じゃあ、この近くの島？」

「……いいや、俺は赤ん坊の頃、浜辺に打ち上げられていた小舟の中で泣いていたそうだ。運よく渦潮を逃れて流れ着いたんだろう」

「……えっ？」

　あまりの驚きで言葉に詰まる。

　ザナルフは遠くの水平線を望見すると、そのさらに向こうを見ようとして眩しそうに目を眇めた。

「俺のこの身体にある青い羽のような模様は、刺青じゃない。赤ん坊の頃からある痣なんだ。きっとこの痣のせいで、親に気味悪がられて捨てられたんだろう」

「そんな……」

「だが、この島には古くからの伝説がある。それは、この島の神の化身であるという青鷺が、いつか人となって島に流れ着き、この島に永遠の幸せをもたらすというものだ。たまたま俺の乗っていた小舟には、偶然にも青鷺が留まっていたそうだ。海を漂流している間、日中は青鷺が日陰をつくり、夜は温め、水を与えて赤ん坊の俺を守っていたらしいんだ。それを見た長老が、とうとう伝説の神の化身が現れたと言って、俺を息子として育ててくれた」

　フローリアは、なんと言葉をかけてよいか分からなかった。痣があろうとなかろうと自分の子には変わりない。それを海に流して捨ててしまう親がいるなんて信じられなかった。

「神の化身云々はさておき、今は亡き長老や、この島が俺の命を救ってくれた。だから俺ができることはこの島の人々を守ることだ」

フローリアは手にしたユウナの花をぎゅっと握りしめながら、ザナルフにそっと寄り添った。

自分は絶対にザナルフと離れまい。

これから先、たとえ何が起ころうとも――。


その後もしばらくの間、フローリアはザナルフに連れられて市を見て回った。市の人々は、フローリアのことをザナルフの花嫁として快く受け入れてくれる。

妻であるのに、「鸚鵡の姫」というあだ名が定着してしまったようで、どの店でも、「鸚鵡の姫さん」と呼ばれる。自分の子供じみた大失敗が、島中に知れ渡っているのかと思うと恥ずかしい。

ともすれば、気後れしそうになるフローリアをザナルフは手を繋ぎながら、市に並ぶ店のひとつひとつに声をかけていく。すると、あちこちから陽気に声がかかる。

「ザナルフ様、鸚鵡の姫さんに、いかがですか？」

声がかかった方を振り向くと、店先には珊瑚や貝殻で作られた装飾品が売られていた。

「わぁ、可愛い……」

珊瑚で飾られた櫛(くし)や鏡、きらきらと不思議な色を放つ貝の耳飾りや腕輪などが軒先に並べられている。

「これは貝なの？」

その不思議な色を放つ貝を手に取ってザナルフを見る。

「それは夜光貝だ。島の女たちの装飾品として使われている」

フローリアは貝の織り成す不思議な美しさに目を奪われた。故国では、貝のアクセサリーなど誰も身に着けない。大粒のエメラルドやルビー、サファイアといったごてごてと飾り付けられた大ぶりの宝石が人気だった。それらは高価で美しいが、人の手によって派手に飾り付けられたもの、という印象だ。

でもここに並んでいるのは、すべてが自然の恩恵を受けたもの。天然の珊瑚や貝が、こんなにも色鮮やかで美しいとは思いもよらなかった。

うっとりと見惚れているとザナルフが耳打ちした。

「好きなものをいくつか選ぶといい」

「あっ、いえ、いいんです」

「遠慮するな。たまには買わないと、市の売り上げに貢献できない」

「そうですよ！　ザナルフ様は、なかなか市に足を運んでお金を落としてくれないんだから。さぁさぁ、姫さん、今日はいっぱい買って下さい。そしたら私も家で待っている子供たちにお土産のおやつを買ってあげられますから」

どっと笑い声が起こる。

フローリアアは困りながらも、いくつか買うことに決めた。

「あの、それなら、この珊瑚の櫛と鏡を頂いてもいいかしら。アウラとキリエの分も入れて三つずつ。それぞれ一つずつ、包んで下さる?」

「お安い御用で!」

上客が来たとあって、店の人も上機嫌だ。

店の人が包んでくれている間、他の装飾品を眺めていると、フローリアの目に美しいものが留まる。それは真珠のペンダントだった。

「まぁ、なんて綺麗……」

丸くて白い粒が、ひときわ可憐で繊細な輝きを放っている。

「さすが鸚鵡の姫さん、目の付け所が違いますね!　それは希少な真珠ですよ。ここいらの島では、男が好いた女に真珠のペンダントを贈るんですよ。ザナルフ様、これを姫さんにいかがですか?」

並べられた真珠のペンダントの中で、一番大きいものをザナルフに差し出した。

するとザナルフは、すげなく首を振る。

「いや、それはまた今度にしよう」

ザナルフはそれだけ言うと、買ったものを城に届けておくように言いおいて、フローリアの手を引いた。フローリアは、真珠を少しだけ残念に思いながらも、お店の人に軽く会釈をしてからザナルフの後に続く。

真珠が欲しいというよりも、店主の言葉の方に心惹かれたのだ。

――この島では、好いた女に真珠のペンダントを贈る。

市にいる女性をよく見ると、いくつかぶら下げている貝のペンダントに混ざって、美しい真珠のペンダントを下げている人も多い。

どうやらそれは、この島で既婚者という印でもあるようだ。

自らザナルフのものになったとは言え、自分が妻であるという印がないのをなんとなく寂しく思う。

でも、そんなことは贅沢だ。こんなにザナルフに、優しくされているのだから。

「……あの、ありがとうございました。たくさん買ってもらってすみません」

「ここは、もうお前の島でもある。好きな時に市に行って、必要なものを買うといい」

フローリアは素直に頷いた。ザナルフが、ここはもうお前の島だと言ってくれたことが嬉しい。市でたくさんの島民と話せたのも楽しかった。

故国では悪逆無道な蛮族などと呼ばれ、その名を聞いただけで恐れられ蔑まれていたザナルフの国は、素朴で純粋な人たちの住まう島だ。自然とともに共存している分、人と人との結束が固い。だからこそ、裏切りや人を欺くことには、容赦ないのだろう。

ふと視線を感じて市のはずれを見ると、一人の老婆がいた。小さな店には何も売り物がない。もう売れてしまったのだろうか？　フローリアは気になって傍に行ってその老婆に話しかけた。

「おばあさんは何を売っているの？」

すると深い皺の刻まれた顔をあげ、フローリアをじっと射抜くように見つめてきた。

「あんたはこの島に災いをもたらす」

フローリアはいきなりのことに、驚いて目を瞠る。

「ど、どういうこと？」

「だがそれは定められた試練じゃ。伝説の真珠が長い眠りから目覚めたとき、お前さんの運命の歯車は回り始めるだろう」

「私の？　運命の歯車？」

なんだか気味が悪い……。老婆は、それ以外にもぶつぶつと独り言を言っている。

「おばあさん、ごめんなさい。また今度ね」

フローリアがその場を離れようとしたとき、老婆がフローリアの手をぐっと掴んだ。

「きゃっ」

「お待ち！　これだけは覚えておくがいい。真珠は持ち主を選ぶ。お前さんともう一人の女性が、その真珠に試される。だが、お前さんの元に真珠が戻った時、きっと永遠の幸せが訪れるよ」

「は、離してっ……」

フローリアは怖くなって老婆の手を振り払うと、顔見知りの島民と立ち話をしていたザナルフの元に急いで駆け寄った。

「フローリア、どうした？　顔色が悪いぞ。疲れたのか？」

「ううん、大丈夫よ。なんでもないの」

そう答えたものの、フローリアは災いをもたらすと言われたことに、妙に不安を駆り立てられた。

さっき老婆のいた所を振り返ると、すでにその姿はなかった。ただ市を徘徊していたおばあさんかもしれない。きっとあのおばあさんのとりとめもない独り言だろう。あまり気にしないようにしよう。

フローリアがザナルフに甘えるようにぴったり寄り添うと、ぎゅっと手を握りしめてきた。

「こっちだ」

「あ……、は、はいっ」

来た道を戻ろうとしたフローリアをザナルフが違う道に誘（いざな）った。城に帰るとばかり思っていたが意外にも、もう少し寄り道をするらしい。

市を見終われば、すぐにも帆船に……、キリエのいる帆船に戻ってしまうのだろうと思って沈みかけた気持ちが浮上する。

まだ帰りたくない。できれば、もっと一緒にいたい。

「どこに行くのですか？」

「俺のお気に入りの場所だ。きっとお前も気に入る」

島の集落を通り過ぎ、なだらかな坂道を登ると木が生い茂ってきた。獣が通れるほどの道らしきものがあるから、迷いこんでしまうような山の中ではないだろう。

ザナルフが先に立って、邪魔な木や草をよけてくれている。

突然、ピチチ……とどこからか鳥の鳴く声がした。耳を澄ますと水のせせらぎも聞こえてくるから、この近くにはザナルフの言っていた湧水があるのかもしれない。

ようやく坂道の一番上に出た。頭上には青空が広がっている。手を伸ばせばふわふわと浮かんでいる雲に届きそうなほど、見晴らしのいい場所だった。切り立った岬の上にあるようで、潮風と緑の匂いがそよぐように吹き上がり、足元には柔らかそうな叢(くさむら)の絨毯が広がっている。近くにはさきほど市でもらった花と同じユウナの木が風に揺れていた。

まるで天上の楽園のよう……。

何といっても眺望がすばらしかった。

この島の入り江が一望でき、青い水平線が空と交わり、どこまでも続いている。

一枚の絵画の中にいるような錯覚を覚えて、しばしうっとりと見とれてしまう。

「なんて素晴らしいの……」

「お前にこの場所を見せたかった。ここは、小さい頃からよく一人で来ているんだ。誰にも邪魔されずに考え事もできるし、なにより景色が素晴らしいだろう?」

「ほんとうに」

フローリアはその景色に吸い寄せられるように、切り立った岬の端の方に歩いて行く。

「──リア、気をつけろよ。この崖の下の海はかなり深い。落ちたら上がってこられないぞ」

ザナルフがフローリアの腰に腕を回して、ぎゅっと引き寄せる。

「──もしも、落ちたらまた助けてくれる？」

茶目っ気たっぷりに聞くと、ザナルフが真剣に眉を寄せた。

「ここの崖の下の海は、本当に深いんだ。海流も海底に巻き込むように流れていて、誤って落ちたら必ず死ぬ。助けることはできない。だが──」

ザナルフが、じっとフローリアを見つめた。

真摯な眼差しで見つめてくる紺碧の瞳に、なぜか魂が揺さぶられる。

「俺もすぐに飛び込んでお前の後を追う。そうすれば、永遠に海の底で一緒に眠りにつけるだろう？」

ザナルフの大きな手がそっと両頬を包む。

すると見上げていた抜けるような青空に、ふっと陰が落ちた。ザナルフの顔が近づき、しっとりした唇がフローリアのそれと重なった。

ちゅ。ちゅ……。

さざ波のような甘い水音。潮風のような味。

それを重ねられるうちに、フローリアもうっとりと目を閉じて自分から唇をおり重ねる。

……ああ、ザナルフが好き。ずっと一緒にいたい。

この楽園で、このまま永遠に時が止まればいいのに。

ザナルフはフローリアを柔らかな叢の褥にそっと横たえた。

「フローリア、俺の真珠──」

そう囁くとフローリアの左手を取って、ポケットから取り出したものをその薬指に嵌める。

「あっ、これは……」

「お前のものだ。この島の女たちがしているようにペンダントにしようと思ったが、お前の国では、結婚したら指輪を交換するというしきたりがあるのだろう？」

左手の薬指には、見たこともないほど大粒の真珠が煌めいていた。陽の光にも負けない光沢を放っている。その大きさや美しい輝きは、先ほど市で見たものとは比べ物にならないほど麗しい。フローリアは、うっとりとその神秘の輝きに魅入ってしまう。

「なんて、綺麗……」

「あのフランツのエメラルドの指輪を放り投げた後、お前の薬指が寂しそうだったからな。俺が昨日海に潜って採ってきた。伝説の真珠だよ」

「伝説の真珠？」

フローリアは先ほどのおばあさんの言葉を思い出してぞくっとした。

──伝説の真珠が長い眠りから寝覚めたとき、運命の歯車が回りだすだろう……。

「ああ、大粒の真珠はこの島でそう呼ばれているんだ」

フローリアは、ほっとした。ばかね、おばあさんの独り言を気にするなんて。

「ザナルフ様がわざわざ潜って採ってくれたのですか？　でも、私はお返しにあげられるような指輪を持っていません……」

するとぷっとザナルフが笑いを漏らす。

「すでにお前からは貰ってるよ。可愛い桃色の真珠を俺だけに味わわせてくれただろう？」

そう言われても意味が分からず、小首をかしげてきょとんとする。

「いまから、その真珠を愛でようか。俺だけの真珠を――」

「――きゃっ」

ザナルフに引き寄せられたと思った瞬間、突然視界が反転した。逞しい身体の上にぴったりと重なるように抱き上げられる。

「今ここで、お前が欲しい。――リア、いいか？」

「で、でもっ、ここは外で……」

「誰も見てないし、ここは俺の秘密の場所だから俺以外の者は来ない」

「で、でも……、あの」

「――リア、お前と愛し合いたい」

「――んふっ」

鋼のような強靱な身体に抱きしめられ、ぴったりと密着させられたまま、ザナルフの熱い唇が首筋に埋められる。柔肌をくすぐるように吹きかかる吐息に、温かな日だというのにふるっと身体に震えが駆け抜けた。

「——ああ、フローリア、なんて柔らかさだ……」

感情のこもった唸るような声に、フローリアは観念して身体から力を抜いた。

ザナルフの唇が喉を離れて、まろみのある膨らみへと続く。途切れ途切れに可愛い……、愛している……と囁きながらすべらかな肌にキスの雨を降らせていく。

触れられるところが熱く疼いて心地いい。唇を押し付けられるたびに、小さなため息が零れてしまう。

ザナルフがフローリアのドレスの肩紐を外すと、可愛らしく膨らんだ乳房が零れ出た。しっとりとして張りのある膨らみの中心に、濃い桃色の蕾がつんと仰向(あおむ)いている。

「美味しそうだ。ココは舌で転がされるのが好きだろう。うん？」

「——ちがっ、あっ、ひゃぁんっ」

ほのかに色づく突起を舌先でころころと可愛がる。両手で房を掬い上げ、食むように含まれたときにはもうだめだった。たまらずに背を弓になりに反らせて、震えだしそうになるのを我慢する。それがかえって、乳房を差し出す格好になり、ザナルフが満足げに喉を鳴らす。

「——っ、ザナ、ルフさまっ……、そこだめなのっ……んんっ」

「そうか、分かった。では違うところも可愛がろう。ほら、おいで」

「きゃっ、やっ……、だめっ、だめです……っ、こんな格好……」

フローリアは、驚愕する。

ザナルフがフローリアのお尻をひょいと抱いて膝立ちにさせ、自分の顔の上を跨がせるような格好にする。

いったい何をしようというの？

着ていた薄手のドレスの胸ははだけ、かろうじて腰で引っかかっている。いくら人目につかない場所だとはいえ、寝転がるザナルフの顔のそばでこんなはしたない格好をしたまま、またがるなんて……。しかも自分がザナルフを見下ろす格好となり、なんだか落ち着かない。

「柔らかい草が生えていようとも、地面にお前を横たえると、その象牙のような柔肌に傷がつきかねない。さぁ、裾を捲り上げてごらん」

「えっ……、やぁっ、だめ……、そんな……」

逃れようとしたが遅かった。ザナルフに腰をしっかりと摑まれてしまっている。それに胸を吸われていたときに、いつの間にか手際よく下着を脱がされてしまったようだ。この薄布のドレスを捲り上げれば、秘所が丸見えになってしまう。

「お前の国では、夫婦となるものは指輪を交換するのだろう。俺はお前に真珠の指輪を捧げた。ならば、お前の可愛い真珠を俺に捧げてくれ。俺だけのために」

もう何度もザナルフに愛された身体は正直だ。ザナルフの言う真珠が何を意味しているのかに気づき、秘所にじんと熱がともる。

それでもフローリアはためらった。裾を捲り上げると思うと、羞恥に身が竦む。

「でも、あの……」

「いい子だ。さぁ……」

――だめ。

そう思うのに、手はいつの間にかザナルフに言われるがまま、そろそろとドレスの裾を捲り上げていた。胸元を隠すように手繰（たぐ）り寄せた裾をぎゅっと胸の前で握りしめる。それがかえって秘所を丸見えにしてしまって、恥ずかしさに身体の芯がじわりと熱くなる。

「ああ、よく見える。ここにも可愛い花が咲いている。柔らかそうな下生えもしっとり濡れている」

「やぁっ……、言わないで、んっ……」

ザナルフのざらついた手が太腿を這い上る。さらに熱っぽい視線を浴びて、鼓動がとくんとくんと早まっていく。

「フローリア、真珠がどうやって採れるか知っているか？」

フローリアは、声も出せずに首を振る。ザナルフの手が内股を撫であげ、親指が足の付け根に触れた。これからされることを思い、息を詰めて身をふるっと震わせた。

「ぴったりと閉じ合わさった貝の中にあるんだよ。ちょうど、こんな風に……」

「ふぁっ……」

ザナルフは親指でフローリアの貝殻のように閉じた花弁をぱっくりと押し広げた。敏感な蕾が外気にさらされる。そこはすでに蜜がたっぷりと潤っていた。

「ひゃぁんっ」

「ほうら、可愛いピンクの真珠が見つかった。ぬらぬらと光って潤っている。世界一、美しい真珠だ」

「やっ……、んぁっ……」

熱い吐息がそこに吹きかかった。肉びらを拓かれ、剝き出しになった敏感な秘玉が熱を持って凝っている。男の顔の上に跨って淫らな姿を晒しているというのに、羞恥よりも快楽への期待が沸き上がる。

これまでのザナルフとの情交で、快楽を覚え込まされた身体は、そこをたっぷりと舌で嬲られるのが堪らなく気持ちいいと自覚しているのだ。快感の予感に、秘唇がじん……と熱く疼く。

「いい子だ、リア。そのまま、ずっと裾を抑えてるんだよ」

ザナルフの長い舌が伸びた。フローリアはその淫らな光景に耐え切れずにぎゅっと目を瞑る。でも、それが逆にだめだった。

熱く蠢くザナルフの舌の感触をありありと感じてしまう。ざらりとした舌の表面が蜜を掬い、柔らかくぬめやかな襞を舐め上げていく。

「っひぃ……んっ、……んぅっ……」

肉びらにまざまざと伝わる男の熱い舌。

ザナルフが腰を支えてくれていないと、もうそれだけで崩れ落ちてしまいそうだ。

「ふ……ッ、ン、くふぅ……っ」

「ああ、とろとろで甘い……。とってもおきのご褒美だ」

露を纏った花びらのようなやわ肉に、舌先がのばされている。それはまるで生き物のようにヌメヌメと蠢く。花びらの狭間を余すところなく、上下にゆっくりと味わうように。

甘やかな快感がさざ波のように広がり、あまりの気持ちよさに意識が空中に浮かび上がりそうになる。舌が肉びらを舐め上げるたび、たまらずに腰がひとりでに揺れ動く。

「可愛い、フローリア。ここはどうだ？　気持ちいいか？」

「ふぁっ……、んふぅっ……んっ、気持ち……い……」

——ああ、ぞくぞくする。

舌先が今度は、ぷっくりと膨らんだ桃色の突起のまわりをそろりとなぞっていく。

甘美な疼きが沸き上がり、あまりのもどかしさに腰骨が熔けてしまいそうだ。

フローリアは、恍惚としながら裾布を抱えたままぎゅっといきみを堪えた。

これ以上焦らすようになぞられては、甘美な毒に悶え死んでしまうのではないか。

ザナルフは、フローリアが蕾を愛撫されるのが好きだと知っている。なのに敢えて一番敏感な花芽をわざと逸らして、触れそうで触れないキワばかり責めてくる。

フローリアは堪らずに、甘えて強請るように啜り泣きをこぼした。

いまやフローリアの肉芽は、ザナルフの舌に触れて欲しくて、はち切れてしまいそうなほど膨らんでいた。

ヒクヒクと震え、ザナルフの愛撫を欲しがっている。

ときおり鼻先が薄い繁みをくすぐるのが、たまらなく焦れったい。

それでも自分から腰を振り立てて、その部分をザナルフの舌に擦りつけるなんて、そんな破廉恥なことなどできなかった。

甘やかでいてもどかしい快感が、途切れることなく波のように襲ってくる。

早くそこに触れて欲しい。

この前の夜のように、たっぷりと舐め転がして可愛がってほしい――。

「ふ……、ザナ、ルフっ……、そこ、もっと……上……」

フローリアは、ついに震えながらザナルフに懇願する。

「うん？　どこだ？　自分で腰を動かしてごらん。俺の舌にあたるように」

「やぁっ……、そんな、破廉恥なことできな……」

「愛の行為は、破廉恥じゃない。自分で感じるように動いてごらん。ほら」

「くふぅっ……」

フローリアは、身悶えながらゆっくりと腰をずらしていく。ザナルフの舌の存在を感じるところへ。ゆっくりと、がくがくと震えださないように気を付けて腰を動かしていく。

こりこりに硬くなった剝き出しの花芽が熱く焦れて痛いほどだ。

「いい子だ、もう少し下だよ。そう、そこだ」

ザナルフの舌先に触れるように、そうっと腰を下ろそうとした、が——。

「んんんっ——……」

ザナルフのざらつく舌が、待ちきれないとばかりに伸ばされた。唇で敏感な淫芽をすっぽりと包まれてしまう。

くりくりと舌で転がされ、肉厚な唇で甘噛みされて、それだけで意識がとびそうなのにじゅっ……と吸い上げられれば、もう堪らなかった。

「あぅっ……、ひゃぁ——……」

花芯から強烈な刺激がまるで噴水のように流れ出る。

きゅうんっと弧を描くほど背が仰け反り、白い喉をさらす。ザナルフの顔の上で、壊れた操り人形のように、がくがくと腰を震わせた。

昇天する、というのはこういうことをいうのだろう。

頭が真っ白になって、意識が天上の高みに飛ばされてしまう。

なのにザナルフは、なおも蕾を含んだまま、くにゅくにゅと舌であやし続けている。

「ふぁ、ぁぁ……っ、ん——……っ」

「こんなに可愛い色になってきた。いい子だ、そら、何度もイけ」

フローリアは啜り泣きながらいやいやと首をふるう。達しているのに、さらに嬲られこれでもかと責められた。次から次へと押し寄せる恍惚の嵐に翻弄され、我を忘れて啼泣(ていきゅう)する。

「ひ、あ……、も、だめ……」

羞恥など遥かに凌駕する快楽と興奮が綯いまぜになり、わけがわからない。

フローリアの理性など、ザナルフは砂でできた防波堤のようにいとも簡単に突き崩してしまう。

いまや膝立ちのまま激しく腰を戦慄かせながら、蜜の滴る秘部をただザナルフに晒している。

ザナルフは舌を伸ばして美味なる果実をたっぷりと味わい尽くす。

熱い吐息。蠢く舌。立ち上る甘い蜜の匂い。

ああ、感じすぎてひどく苦しい……。

ひくんひくんと襲いくる愉悦に腰がしゃくり上がり、もはや身体中が悦びにさざめくのを止めることができない。

自分のものとは思えない、よがり声があがった。

「はぁんっ……だめ、ぁ……、ああ……ンっ——……」

もう限界だった。

何度目かの絶頂の後、ザナルフの逞しい身体に、ぐったりと崩れ落ちる。

「よしよし、いい子だ。たっぷりとイけたか？　ん？」

「んっ……、ダメなのに……、もうダメって言ったのに……」

　フローリアは絶頂の余韻に震えながら、ザナルフの胸に顔を埋めて、ぐずぐずとすすり泣く。

「でも、気持ちよかっただろう？　可愛い声で啼きどおしだった」

　かぁーっと耳まで赤くなる。そう言われては否定することもできない。

　淫らに喘いでいた自分が恥ずかしくて、痴態を思うと消えてしまいたくなる。

「わ、私ばっかり……、ずるいです。こんなに恥ずかしいことをさせて」

「そうか？　では、次は二人で気持ちよくなろう。一緒に愛撫しあえば恥ずかしくないだろう？」

「え……？」

　ザナルフは上半身を少し起こすと、下衣の合わせを寛げて、大きな肉塊を引き摺り出した。

　すぐに赤黒く隆々と勃ちあがった太い竿が、ぶるんと勢いよく飛び出してくる。

　ザナルフの欲望は雄々しいのに、どこか卑猥で、見つめていると身体の奥に淫猥な熱が込み上げる。

「あ、あの……っ」

「嫌か？」

　そう言われて、フローリアはふるふると首を振る。

　恥ずかしいとはいえ、たっぷりと気持ちよくしてもらったのだ。

お返しにザナルフの望みを叶えてあげたい……。

「でも、どうしたら……」

「好きなようにしたらいい。吸ったり舐めたり。可愛いお尻はこっちだ。ほらっ」

「えっ、ひゃぁっ！」

こともあろうにザナルフはくるりと向きを変え、フローリアのお尻を自分の顔の上に掲げた。反対にフローリアの目の前には、ザナルフの肉棒が昂ぶりを増して天を向いている。

「こうすれば、一緒に愛撫ができるだろう?」

――ありえない。

互いの性器を同時に愛撫しあうなんて。

ザナルフはフローリアの尻肉をそっと割り開いて、喉を鳴らす。

「お前は尻も可愛い。ほら、こんなに甘い匂いを撒き散らしながら、とろとろの蜜が溢れてきた」

「あっ、やぁっ……」

ザナルフに向かって尻を突き出すという卑猥な体形に、今更ながらおびただしいほどの羞恥が湧いてきて、腰を逃そうとする。それも虚しく、瞬時にザナルフに抑え込まれてしまう。

「こら、じっとしてろ。動いたら可愛がれない」

ザナルフは尻肉なのか媚肉なのか、ぐいっと指で柔肉を押し開く。

熱い吐息が吹きかかったと思ったらもう遅かった。

「ふぁっ……」

くん、と背が伸びる。

——信じられない。ザナルフが蜜口の中に舌を差し入れている。

ぬち……、と淫猥に蜜の溢れる音が耳に響く。さらにその水音が、確信させる。今までさんざん指で蜜洞を弄ばれることはあった。でも、そこに舌を直接、差し挿れられたことはなかった。

でも、この感触は……。

「あ……、あ……、あ……ぅん」

長い舌が這うように差し込まれ、内側から舐めまわされている。

どうしよう。中でザナルフの舌が、本当に蠢いている——。

腰骨が甘く痺れてどろどろと蕩けてなくなってしまいそうだ。

熱を伝える舌が堪らなく気持ちいい。甘い呻きが止まらない——。

「ひぅん——……っ」

「お前の震えが伝わってくる。可愛いな。——ほら、一緒に気持ちよくなるんだろう？フローリアも口が止まってるぞ」

そう悪戯めいた声で言われて、はっとする。目の前にはザナルフの怒張が聳えていた。

赤黒くもたげた幹ははち切れそうで、隆起した血管がひどく生々しい。

——自分の性器を舐められながら、ザナルフの性器を愛撫するなんて……。

なんて淫らで背徳的なんだろう……。

すると、エラの張った先にある切れ込みから、透明な液体がとろりと溢れた。雫が濡れててらてらと光っている様子が堪らなく淫靡で、どきどきと興奮さえ覚えてしまう。

——これは、ザナルフの蜜？

フローリアは意を決して、幹を大事に包むように、そっと指を巻き付けた。それはずっしりとしてびくともせず、手に余るほど大きい。

自ら唇を近づけ、ちゅ、ちゅ、と根元から先端に向かって、屹立の輪郭を辿るように口づけていく。

ザナルフの熱が、触れた唇から伝わってくる。

さらにみっしりと重くなったように感じるのは気のせいだろうか？

雄の色香を放っている亀頭の先端にちゅ……とキスをすると、ビクッと大きく脈動した。身体の中にある時には恐れをなしていたザナルフの肉茎が、なんだか可愛く思えて愛おしくなる。

例えば、蛇は怖いけれど蛇が好きな人には可愛いと思えるような、そんな偏愛じみた感じだ。

フローリアは小さな舌を伸ばすと、溢れ出た肉茎に滴る透明な雄蜜をちろりと掬いとる。

「——くっ」

ザナルフが息を詰めた途端、まるで生き物のように肉竿が大きく胴震いする。

「――ああ、フローリア、天国に昇りそうだ。そのまま舐めて、口の中に含んでくれ」

どこか熱っぽい掠れた声に、フローリアはにわかに嬉しくなってもう一度、肉棒の先端に唇を近づけた。

鈴口に小さな舌を押し当て、張り出した嵩や括れの輪郭をそろりとなぞっていく。

舌の表面を使って括れたキワを舐めると、自分もとても気持ちが悦い。まるで極上のヴェルヴェットのような舌触りだ。

なんだか、ぞわぞわする。

竿の部分は硬いのに、先端は思いがけず弾力があって柔らかい。

思い切ってすっぽりと口の中に入れてみる。大きくて、丸い先端を含んだだけで口の中が一杯になってしまう。するとはしたなくも涎が溢れてきて、喉でごくりと飲み干すと、苦みが広がり、青臭い雄の匂いが鼻を抜けていく。

「くぅっ……、ああ、リア――、堪らない。そのまま口の中で上下に扱けるか……？」

「は……、はい」

フローリアは、ゆっくりとザナルフの欲望を奥まで咥えこんだ。張り出した亀頭の表面が口蓋に擦れると、背筋に甘い官能の波が走った。

気持ちよくなってもらいたいのに、自分のほうが夢中になってしまう……。

それでも、大きなものを頬張るのは大変だった。ともすれば、えずきそうになるのを堪えて、たっぷりと喉奥にまで咥え込むと、今度は口の中からじっくりと引き摺りだしていく。

卑猥(ひわい)な雄の形、雄の熱がずるずると口の中から抜け出て行く。その感触が、なんだかものすごくいやらしい。雁首の括れまで抜き出したところで、ちゅぽんと音が立つ。すぐに息を整えてから、また喉奥に含み入れた。

傍(はた)から見れば、男根を美味しそうにしゃぶっているように見えるだろう。故国にいた頃の自分なら、きっとそんな行為を軽蔑していたに違いない。

でも、今は違う。言葉だけで伝えるような愛ではなく、愛する男のすべてを愛し尽くしたい。心も、その逞しい身体もすべて。

秘所からは甘い疼きが絶え間なく込み上げる。隘路を緩急つけて愛撫され、気持ちよさに震えながら、ザナルフの男根を猫のような格好で舐め上げる。雁首の裏、筋になっているあわいに舌を這わせると、ザナルフからも悦楽に浸るような唸りが漏れてきた。

ああ、ザナルフも悦んでいる……。

互いの性器を愛撫しあうという、突拍子もない、なのにこれ以上ないほど淫らな愛撫に、互いに没頭して思考が法悦に侵されていく。

「んっ……、んくっ」

立ち上る雄の匂いに浮かされるまま、フローリアは夢中になって雄茎を口で扱く。

「……ああ、リア、フローリア……」

いっそう幹が硬さを増して膨らんだ気がする。ザナルフの太い肉棒を咥えこむたびに、フローリアの蜜壺も感じてきゅんっと収縮する。

二人が同時に互いの性器を愛撫しあうことに、淫らでありながら深い絆を確かめ合っているようで……。

口の中の雄がびくりと大きく震えた。瞬間、口から唐突に引き摺りだされてしまう。

「うっ、ああ、リア、フローリア——くぅ……っ」

ザナルフの息が荒い。

乱れた息のまま上半身を起こすと、フローリアを向かい合わせにして抱きしめた。

押し付けられた胸の鼓動がどくどくと速まっている。

ザナルフはフローリアの額に、自分の額を押し当てて、荒い息をやり過ごしているようだ。

身体全体に汗を浮かびあがらせて肩を上下させている姿は、艶めいた男の色香がにじみ出ていてなんとも妖艶だ。

「ザナ……、ルフさま？」

はぁはぁと苦しそうに息を継ぐザナルフに、フローリアは不安になった。

私はザナルフを気持ちよくできなかったの？

あまりに口淫が拙なかったせいで、途中で止めさせられてしまったのだろうか。

そう考えると、泣きたくなる。私自身はとっても気持ちよくしてもらえたのに。

ザナルフにお返しできなかった自分にふがいなさを感じてしまう。

「ああ、フローリア、危うく迸りそうになった。でも、達く時はフローリアを感じながら中で達きたい。――リア、今度は俺のものをその可愛い下の口で咥えこんで」

思いもよらない懇願に、フローリアは目を丸くする。

「あの、下の口って……」

「なにを今更。ほら、俺にまたがって、そのまま腰を落としてごらん」

こんなふうに自らザナルフを招き入れるのは初めてだった。

震えそうになる腕を伸ばして、逞しい首に絡ませる。するとザナルフが耳元に唇を寄せ、いい子だ……一緒に気持ちよくなろう？　と囁きながら、口淫のご褒美をくれるように、ちゅっ、ちゅ、と耳朶や頬に口づける。

「そうだ、そのまま……ゆっくりと」

少し腰を落とすと、太腿にザナルフのぬらぬらとした男根が触れた。火傷してしまいそうなほど熱くて、今からこの熱塊を咥えこむのだと思うと、身体の芯がきゅんと疼く。

「いいぞ、そのまま……」

ザナルフは、自分の雄幹の根元を動かないように握って固定する。

張りつめた昂ぶりの先端が柔肉を押し開く。とろりと潤い、散々ザナルフの舌で舐めとかされた蜜口に徐々に呑み込まれていく。

「ふぁ……っ、んあっ……ぅ」

思わずザナルフの首に縋り付く。

男らしく漂う香りに助けを借りるように。

これまでの性交で彼の形に慣らされたとはいえ、最初に迎え入れる時は、我慢できないほどの強烈な愉悦に突き上げられる。

それでも、ザナルフからその昂りを挿れてくれるから、なんとか受け入れることができた。

でも今は違う。自らザナルフの肉茎を迎え入れなくてはいけない。

質量を増したザナルフの雄は、存在感だけでなく甘い痺れを伴って胎の中に強烈な熱を灯していく。

媚肉を掻き分けながら、奥へ奥へと呑み込んでいく挿入感に、堪らなく感じいってしまう。最後まで咥えこんだら、きっと頭の中まで灼け熔けてしまいそうだ。

「……っ、はぁっ……、んっ」

自ら快楽を貪るように呑み込むのは、もうこれ以上できそうになかった。

生々しい感触に、動きを止めたまままぶるぶると腰が震えだす。

「……どうした？　まだ半分も咥えこんでないぞ」

動きを止めたフローリアに意地悪な声が落とされる。

「ザナルフ……、も、無理……。ねがい……」

フローリアはザナルフにきゅっとしがみつき、潤む声で懇願した。

自分のもっとも大切な部分をすんなりとザナルフに明け渡す。そこはフローリアの心も同然の場所。ザナルフだけが、触れて好きにできる場所だ。

フローリアは、逞しい首に手を回して甘えるように口づけた。

自らぬるついた舌を差し入れると応えるようにザナルフの舌が絡みつき、ぴちゃぴちゃという官能的な旋律を奏ではじめた。

みっしりとした亀頭はフローリアの蜜壺に半分呑み込まれたまま、二人は我を忘れて淫蕩な口づけに没頭する。

私をザナルフのものにしてほしい。めちゃくちゃに掻き回して、私の心が誰にも攫われないよう、楔を打ち付けて欲しい。

それはこの情交の間だけの、いっときの楽欲にすぎない。

それでもフローリアは願わずにいられない。

ずっとこのまま、永遠にザナルフを刻み込んでほしかった。

「……可愛いやつだ」

ザナルフは口付けを解くと、フローリアの腿をぎゅっと押し広げるように持ち上げた。切っ先をぐぽんと音が立つほど引き抜いてから、すぐさま太いものでひと思いに貫いた。

「ひっ……、あぁん――……ッ」

たった一突きで、みっしりと奥深くに肉棒を埋め込まれ、あっけなく極みに押し上げられる。

　ザナルフの剛直が狭い泥濘をぎちぎちに満たしている。たっぷりと甘蜜の滴る泉に、反り返った楔の先端を呑み込ませては、的確にフローリアの感じるところを攻めてくる。

「あぁっ……、んふっ……んっ……」

「ああ、お前の中が熱い。とろとろなのにぎゅっと締まって絡みついてくる」

　全身が悦びに総毛だつ。

　両脚を掲げあげられた無防備な状態で、逞しい肉棒が奥を打ち付けてくる。

　ときおり媚肉を優しく嬲るように亀頭が甘く攻め立てた。ゆっくりと腰を揺らして、ヌチュヌチュと蜜洞を掻き回されれば、甘い呻きが喉から絶え間なく漏れだしていく。

　フローリアはザナルフに身を預けて、甘美な律動を味わっていると、突然ずくんと深く突き上げられた。

「ひぁっ……」

「お前をゆっくり甘やかしてやりたいが、そろそろ限界だ」

　敏感になった躰は、艶めいた低い声にまで反応し、軽く極めてしまう。

　ザナルフは甘く絡みついていた媚肉を解くように猛った肉棒を打ち付けた。それでもフローリアの蜜壺は、ザナルフの雄茎をぎゅっと包み、その形を味わうように締め付ける。

「――フローリア、締め付けすぎだ……」

　ザナルフの息が突如、荒々しさを増す。

　フローリアを僅かに宙に浮かせたような格好で、最奥を抉るように腰を深く突き上げける。亀頭が子宮口にめり込み、そこを嬲るように執拗に奥を穿っては、望むままに打ち付けている。

「ああ、――リア、お前の中、まるで海のようだ。どこまでも深く俺を引き摺り込んでいく」

「あっ……、ひゃぁ……っ、あんっ……」

獰猛ともいえる抽挿に、半分泣きじゃくりながら流れ落ちる滝のような髪を振り乱し、乳房を揺らす。

雄の荒い息。ぐちょ、ぬぽ……と、淫猥に弾ける蜜音。喉から漏れる啜り泣き。

まるで獣の交わりのような淫らな性交に、息が上がって何も考えられない。

ただザナルフにもっとめちゃくちゃに犯されたいという欲求が湧く。

それはひとえに、ザナルフを愛しているからだ。

すべてを捧げ、食べ尽くされたい。この身も心も永遠にザナルフのものだ。

「ああ、フローリア、堪らない。お前の汗も涙も、愛液もすべてが愛おしい」

猛然と腰が振り立てられ、激しい律動が繰り返される。

「――くっ、ああ、リア。どんなに突いても足りない。お前の全てを俺で満たしたい」

フローリアは果てのない淫らな陶酔に呑み込まれていく。

「――ナルフ、激し……、熱い……、も……、あんぅっ……」

「ここがイイんだろう？　うん？」

繋がり合った場所が火のように熱い。ぐちゅ、ぬちゅ、という抽挿の卑猥な蜜音にさえ、じぃんと深く感じ入ってしまう。

快楽を教え込まれた身体は、貪欲だ。

さらに深い所に亀頭を埋められると、子宮が嬉し気にきゅんっと収斂（しゅうれん）した。

これまでに感じたことのないような極みに向かって昇りつめていく。

中でよりいっそう膨れ上がった熱い昂ぶりに、吐精を促すように媚肉がぎゅうぎゅうと締め付けた。するとザナルフの男根がブルリと激しく嘶（いなな）いた。

「ふぁ……っ」

「フローリア、っ……」

深く埋められた肉棒の先端から、どくどくと白濁が勢いよく吹きあがり雄の精が迸った。

「……愛してる……っ。フローリア、永遠に……」

狂おし気な声で愛を囁きながら、ザナルフはさらに腰を幾度か揮い、ビュクビュクと熱い飛沫を胎内に流し込んでいく。

フローリアの子宮では受け止めきれないほど大量に吐き出された白濁は、陰茎を呑み込んだ蜜口からも溢れかえり、こぽりと音を立てて滴り落ちる。

濃厚な吐精に、むせ返るような淫猥な匂いが立ち上る。

フローリアの肢体は、酩酊したようにくったりと弛緩した。

それでも、心は幸せな余韻にふわふわとどこまでも舞い上がっていく。

ああ、時よ――。永遠に刻みこんで。

愛しい人と、ひとつになったこの時間を……。

「――リア、離さないよ。俺の真珠……」

二人の想いはひとつになり、潮風にのって蒼い海の彼方へと溶けていった。

＊　　＊　　＊

鳥の囀りが心地よく耳をくすぐり、全身を温かな感触に包まれてフローリアは目を覚ました。

どういうわけか自分の身体が木々に囲まれた泉の中に浮かんでいる。

薄ぼんやりした記憶を辿ると、べとべとになった身体ごとザナルフに抱き上げられどこかに連れていかれたことを思い出す。

今は透明な泉の中で生まれたままの姿でザナルフ抱きかかえられ、汗や愛液、下肢から流れ出た残滓に塗れた身体が綺麗さっぱりに洗い流されている。

「――気が付いたか？」

ザナルフは、雄の慾を解き放った清々しい笑顔を向ける。

一方、フローリアは今までになく淫らなことをしてしまった羞恥で、ザナルフの顔をまっすぐに見ることが出来ずに顔を赤らめる。

「あの、ここは？」

「近くにある泉だ。この泉は、ぬるいから身体も冷えないだろう？　さぁ、おぶってやるから着替えて城に戻ろう」

フローリアは、こくりと頷いた。

島民の生活を見るための外出が、思いがけずたっぷりと濃蜜な時間を過ごしてしまった。それでもフローリアは、幸せに満ちていた。

「ザナルフ様、あの、指輪をありがとうございます。大切にします……」

「――お前が俺のものだという印になるからな」

ザナルフは、手際よくフローリアを着替えさせると、まともに歩けないフローリアを背負って山道を降りた。こんな格好で城に戻ったら、きっと城の者たちに冷やかされそうだ。

それでも、嬉しくてザナルフの逞しい背中にぎゅっとしがみついて頬を寄せた。

ザナルフの背に刻まれている羽を広げたような青い文様に守られているような気持ちになる。


「――ザナルフ様、赤ちゃんができるかしら？」

唐突にフローリアが聞く。

実は、このところ毎晩のように愛されているフローリアを見て、アウラに言われたのだ。

『赤ちゃんができるかもしれませんね……』

アウラは複雑な顔をしていたものの、フローリアはザナルフとの赤ちゃんを授かればいいなと思っていた。この島で、ザナルフと赤ちゃんとともに一緒に暮らしていきたい。

「出来るかもしれないな。たっぷりと子種は注いでいるから。だが俺はまだ、赤ん坊よりフローリアを愛したい」

「――赤ちゃんは、いらない？」

「いいや、そうじゃない。その、まだ赤ん坊を甘やかすより、もっとお前をたっぷりと甘やかしたいからな」

言葉はぶっきらぼうだが、今は自分を一番に愛してくれると仄めかされて嬉しくなる。

それでも、幸せな未来に想いを馳せる。

「もし、赤ちゃんが生まれたらどんな名前がいいかしら？」

「――まだ孕んでもいないだろう？」

ザナルフは、やれやれと首を振る。

「聞いておきたいの。ねぇ、どんな名前がいいかしら？　男の子だったら？」

妄想をたくましくしているフローリアに反論するより、話を合わせたほうが無難だと思ったのだろう。ザナルフは、しばし考えてフローリアに言った。

「そうだな、男だったらカナルはどうだ？　この辺の島々で崇められている海の神と同じ名前だ」

「――素敵。カナル、カナル……、響きもいいわ」

フローリアは、ザナルフの背中に顔を寄せて口づけた。

きっと何があろうと、ザナルフは私たちを守ってくれるだろう。

この島で、赤ちゃんをたくさん産んで、ザナルフとともに年老いていく……。

そんな穏やかな未来を思い描いて、うっとりとする。

二人の幸せは、まるで嵐の前の静けさのように、ゆったりと流れていた。


城に戻ると、アウラとともにキリエがやきもきしながらザナルフを待っていた。

帆船に乗り込んでいるザナルフの右腕、大男のラルゴからの伝言を携えてきたのだ。

「近くの島で……。そうか」

キリエがいうには、近隣の海域にある島の周辺で、領海を超えて大陸の漁船団が入り込み、魚や希少な貝、珊瑚などを乱獲しているという。

島の漁師にとっては死活問題だ。

ラルゴたちは、漁船団を追い払うためにいつでも出港できるよう、軍船を整備している真っ最中だという。

ザナルフが乗り込めば、すぐにも出港できるように。

「――リア、当分の間留守にすると思う。俺がいない間、誰か腕っぷしの強いやつをお前の警護につけよう」

「でも、この島は安全だわ……。私のことは大丈夫よ」

「……だが……」

「それならザナルフ様、今回は私が島に残って、フローリア様のおそばにいます。治療師の私がいれば、フローリア様が体調を崩されても安心でしょう?」

「そうだな……。それがいい。船には別の治療師を同行させる。頼んだぞキリエ」

「――我が主、ザナルフ様のお言葉に従います」

キリエがにっこりと微笑んでフローリアを見た。

なぜかふと、不安がぬくりと頭をもたげる。ザナルフと離れるのが不安で堪らない。

「フローリア、俺はこのままラルゴたちと出港する。戻るまで城の中でおとなしくしていろよ。むやみに一人で小舟に乗るんじゃないぞ」

ザナルフがわざと軽口を叩いて、フローリアを引き寄せた。

キリエの目の前で、熱く口づける。ちゅっと淫らな水音がたち、キリエに見られているのにと思い、かぁと耳が火照る。ザナルフは気に留める様子もなく、たっぷりとフローリアに口づけた後、名残惜し気に唇を解いた。

「――愛してる。いい子で、フローリア」

フローリアは、うっとりとした表情を浮かべ、はにかみながら頷いた。

まさかこの口づけが、ザナルフとの別れの口づけになるとは思いもせずに。

ザナルフは着替えを手早くすまし、武器をいくつか携えて船へと向かっていった。

普段は漁師をしている若く逞しい島民は、有事の際は軍船に乗り、ザナルフとともに島を守るために戦う。ザナルフにとっては一騎当千の兵となる。そのために常日頃から訓練されているのだ。

港には、大勢の島民が見送りに集まっていた。

フローリアは、寝室の窓辺からザナルフの出向をアウラやキリエとともに見送った。ザナルフの大きな軍船は近隣の島々に留め置いている軍船と合流し、大陸の漁船団を追い払うという。

それを目にしただけで震えあがり誰もが恐れるという青鷺の描かれた帆布が、風をいっぱいに受けて大きくふくらみ、沖へ沖へと進んでいく。

島を取り囲むように渦巻く潮の流れをうまく避けて水平線の向こうへと進む。類まれな航海術を駆使して、舵をとるのはザナルフだ。

ここからは、もうその姿は見えないが、フローリアは両手を胸元に握り合わせて祈りを込めた。

――どうか、ザナルフ様が無事に戻って来ますように……。

船が見えなくなってもなお、祈りを続けている。

「フローリア様、大丈夫ですよ。ザナルフ様は、海戦の技術にかけては向かうところ敵なしです。漁船団を追い払うことぐらい、造作もないことです。海の民にとって過度な祈りは、逆に災いを呼び寄せると言われているのですよ。だから島の者は、いつも笑顔で見送るのです。不安に駆られて大袈裟に祈る姿は、不吉な未来を連れてくると言われています。彼らの力を信じて、いつもどおり見送るのです」

　あまりにも熱心に祈るフローリアをキリエは窘めるように諭す。

　するとフローリアは、ぱっと握りしめていた手を離す。

「そ、そうなの？　ごめんなさい、なにも知らなくて」

「まぁまぁ、これから覚えていけばいいことですわ。姫様の祈りは十分ザナルフ様に届きましたよ。あらっ？　姫様、その指輪は……？」

　アウラがフローリアの肩を持つように言ったが、目ざといアウラはさっそくフローリアの薬指に嵌められている真珠の指輪に目を留めた。

「なんて美しい真珠でしょう。大きさも見たことがないほどですね。先ほどの市で買われたのですか？」

　ほう……と、感嘆の溜め息を零しながら、アウラは大粒の真珠の指輪に見惚れている。

「これは、ザナルフ様がくださったの。結婚の証として。なんでも昨日海に潜って採ってきたのだとか……」

　フローリアは、はにかみながらもつい嬉しくて、アウラが良く見えるように手を差し伸べた。

「なんて大きくて、希少な真珠でしょう。ねぇ、キリエ様、見てごらんなさいよ。ザナルフ様の想いが籠っているのですね」

　するとアウラが、突然感極まったように、眦から涙をこぼした。

「アウラ？　泣きだすなんて一体どうしたの？」

「……いいえ、最初は蛮族に攫われ、あまつさえ伴侶にされてどうなることかと思いましたが……、アウラは心に決めました。ずっとこの島で微力ながら姫様をお守りいたします。姫様がザナルフ様と幸せになれるように」

「……ありがとう、アウラ。私とザナルフの出会いは、運命だった気がするの。もう泣かないで。あ、そうそう！　アウラとキリエに市でお土産を買ってきたのよ」

フローリアは、寝室にある小さなテーブルの上に置かれている包みを取り出した。

「ザナルフが好きなものを買っていいと言ってくれたの。三人ともお揃いのものなのだけど、珊瑚で飾られた銀の櫛と手鏡を買ったの」

はいどうぞ、とフローリアは嬉しそうに、包みをアウラとキリエに渡す。アウラはさっそく包みを開けると、喜びを露にした。

「まぁ、なんて美しいピンク色の珊瑚なのでしょう。このような色合いの珊瑚は、ついぞ故国でもお目にかかったことはありませんわ。銀の櫛と鏡にとっても合いますね」

アウラはさっそく手鏡を覗いて、美しい櫛で髪型を整えてみる。

それをフローリアは嬉しく思った。

アウラは兄の乳兄妹で、身分も貴族だ。婚期は遅れているが、本来ならそれなりの家格の貴族に嫁いで、裕福な生活を送れるはずなのだ。

「アウラ……、ごめんなさいね」

フローリアの口から漏れ出た謝罪に、アウラはにっこりと笑う。

「姫さま、私は元々嫁ぐ気などありませんでした。ずっとフローリア様のおそばで、お支えすると城に上がった時に誓いを立てたんですよ。場所がどこだろうと、それは変わりません」

その言葉にフローリアも涙が零れた。

ぎゅっとアウラを抱きしめる。

二人の様子をじっと見つめていたキリエは、そっとその場を後にした。手には、フローリアからの包みが握られている。

ザナルフの寝室から出ると、扉に背もたれて深く目を閉じた。

——ザナルフ様が、伝説の海に眠る真珠をフローリアに。

フローリアが指に嵌めている真珠を見たときは、衝撃で言葉が出なかった。

——深い海の底に眠るとされている真珠。

遙か昔、この島に流れついた高貴な姫が、男たちの争いを収めるために自ら海に身を投げた。その姫は海の底で真珠に姿を変え、永遠の眠りについたという逸話のある真珠だ。

島の男たちは、競ってその真珠が眠っているという海底に潜ったが、誰一人、その真珠を手にすることはできなかった。その真珠を包んでいる貝は、あまりに深いところにある。運よく到達しても、海面に上がるときに息絶えてしまいかねない。

誰もがその真珠を手にすることを諦めていた。この島の女たちにとっては、幻の真珠だ。

今では大粒の真珠のことを「伝説の真珠」ともいうが、フローリアが嵌めていた真珠は、この島でも見たことがないほど大きくて燦然(さんぜん)と輝いている。あれこそが、本物の伝説の真珠に違いない。

昔、ザナルフ様に訊いたことがある。ザナルフ様が潜れば、本物の海に眠る真珠を手にできるのではないかと。

するとザナルフは、真珠には興味がないと言ってのけた。

――それなのにザナルフ様は、フローリアにあの真珠を……。

キリエは、ぎりっと唇を噛みしめた。

小さな頃からザナルフを恋慕っていた。キリエの母は、もともとフローリアの故国ファルネーゼ王国で小さな町医者をして女手一つでキリエを育てていたが、たまたまこの島の男と恋仲になり島に住み着いた。貴重な大陸の医学の知識を持つ治療師として島民からも慕われていた。当然、キリエも母親から医術や薬草を用いた治療技術を受け継いで母を手伝い、この島で治療師となった。

母が亡くなってからは、ザナルフにも頼りにされ、船に乗り込むときは必ずといっていいほど同行していたのだ。

これまで幾度となく、海の戦で怪我を負ったザナルフの逞しい身体を治療してきたのはこの自分だ。彼の身体は全てくまなく知っている。

ザナルフが怪我をして熱に浮かされていたときも、キリエは献身的に介抱した。

一晩中、熱で燃えるようなザナルフの身体を冷たい布で拭き、その雄々しい男根の姿さえも、自分も熱に浮かされるのではないかと思いながら、見つめていたのだ。

――それなのに。

キリエは手にした包みが壊れそうなほど、ぎゅっと握りしめる。

メキメキ……と鏡に罅の入る音がした。

珊瑚の土産物など、自分にとっては何の価値もない。たとえ珊瑚ではなく、エメラルドやルビーの嵌めこまれた土産物でも、まったく意味がない。

あの海に眠る真珠以外、ごみクズも同然だ。

幸せそうに薬指に嵌めている伝説の真珠を見つめていたフローリア。

――なんと無邪気で残酷な姫だろう。彼女さえ、現れなければ……。

キリエの眦からつぅと雫が伝って音もなく床に落ちた。渇いた石の床に、濃い染みが滲んで広がる。

自分の気持ちをザナルフは知らない。だからいけなかった。

もっと早くこの気持ちを打ち明けていれば、きっと今、あの指輪を嵌めていたのはこの私だ。

ザナルフ様は、私のために深い海に潜り、あの伝説の真珠を採ってきてくれたはずなのだ……。

キリエの眦から、また後悔の雫が流れて床に落ちた。

あの夜だって、ザナルフ様の腕の中にいたのは、きっと私だったはず。

あんな惨めな思いはもうたくさんだ。

あの夜も、こうしてドア一枚隔てたすぐ裏でひとり涙に暮れていた。

雄々しいザナルフが、突然現れたあの姫をその腕に抱き、彼女の中に身を沈めて、心地よい呻きをあげていた夜を。

明け方までずっと一部始終をここで耳にしていたのだ。ザナルフの口から紡がれる甘い睦言、抽挿の間の荒々しい息づかい、昇りつめた射精の瞬間の身体の震えまで、手に取るように伝わってきた。

——ああ、愛しいザナルフ様……。

フローリアがいなければ、それはすべて自分に捧げられるものだったはず。

ザナルフは目新しい魚を手に入れて、夢中になっているだけだ。所詮、よその魚にこの海の水は合わないと分かるときが来るだろう。なおさら、観賞用に育てられた熱帯魚は、自然の海では生きてはいけない。

だからいまだけ、泳がせてやればいい……。

キリエは、涙をぬぐうと何事もなかったかのように、城の階段を下りて港に向かう。

途中、城の窓から眼下の海に向かって手にしていた包みを放り投げた。

邪魔なものはいらない。価値のないものだ。この島にとっても、ザナルフにとっても……。

「あら、キリエさん、港に定期船が着いたわよ。いつもの商人が探していたわ。頼まれていた薬草が入ったからって」

「ありがとう、今から向かうところよ。ちょうど売りたいものもあったの」

すれ違った顔なじみの召使いに笑顔を向けた。

この島には、ときおり、あちこちの島を経由して定期的に商船がやってくる。この島で紡いでいる絹糸は、島の特産でもあり、類を見ないほどの極上の光沢を放つため、大陸では高値が付くという代物だ。

商人たちは、商いに貪欲なことこの上ない。それが高額な利益を生むとなれば、敵味方など関係はないのだ。優秀な水先案内人を雇い、渦潮をかいくぐり、希少で金目になりそうなものを求めて、この島にもやってくる。

だが島民は口が堅く、商人風情にはこの島の出来事など誰一人話さない。よそ者に余計なことを話せば、それがひいては島の平和を脅かすと長年の経験で分かっているのだ。

当然ながら、ザナルフがフランツの船を襲ったことや、その妻であるフローリアを攫ってきたことも誰も商人には口にしようとはしない。ザナルフが王座に就いてから、島民の結束はますます固くなっていた。

港に着くと、小型の商船が停泊していた。島の特産品を積み込んでいる。

荷積みを見守っていた顔見知りの商人のアーロンが、キリエに気付いて陽気に声をかけてきた。

「やぁ、キリエ殿。お待ちかねの薬草や医術書が届いてますよ」

「いつもありがとう、アーロンさん。今回は、沢山の絹糸を荷積みしているのね」

「ああ、大陸のファルネーゼ王国やラナンクルス王国では、高値で売れるからな」

「……そういえば、ラナンクルス王国のフランツ王子はどうしているのかしら？」

「うん、なんでも新婚旅行中に嵐に巻き込まれて、花嫁のフローリア王女が海に呑まれてしまったそうだな。フランツ王子は、いまや嘆きの王子と言われて、国中の同情を集めているよ。フローリア王女の国でも、いまだ王女の死を信じられずに、父王がその亡骸や手掛かりになるものを探しているとか。なにしろ、目の中に入れても痛くないほど、宝のように溺愛されていた王女だったからね。だが、もう海の藻屑になってしまっただろうなぁ……」

　キリエは、さも同情したように言う。

「きっと王女様の父王様はお嘆きになっているわよね。でも、もしその宝がこの島にあるとしたら？　父王様はその情報を届けた者に褒美をくださるのではないかしら？」

　すると商人のアーロンの目がギラリと光る。素早く頭の中が回転しているようだ。

「確かな情報があるのか？」

　キリエは、ポケットから光るものを取り出した。エメラルドの指輪だった。それを誰にも見られないよう、アーロンに渡す。

「これは……」

指輪の内側には、双方の国の王家の紋章が刻まれている。商人として王宮にも出入りしているアーロンには、この指輪が本物で、なおかつ宝石の持つ価値とはまた違う、特別な意味のあるものだとわかっただろう。

商人はその指輪をぐっと手の中に握りしめた。

「――で？　そのお宝は生きているのかい？」

キリエはこくりと頷いた。

「ザナルフ様は、今日、近隣の領海に入り込んだ漁船を追い払いに出港しました。十日は戻らないでしょう」

「――なるほど。それで、あんたは何を見返りに？」

キリエは首を振った。

「砂浜では温室の薔薇は育ちません。ただそれだけです」

「それなら、今日の薬草と本は俺からのプレゼントだ。さっさと引き上げて全速力でファルネーゼ王国に向かうとしよう。王女の父王が聞いたら喜ぶぞ」

商人の貪欲さは軽蔑すべきものだが、この時ばかりはキリエは満足した。

きっととんぼ返りでファルネーゼ王国に行き、指輪とその情報を引き換えに莫大な金貨をせしめるだろう。

――そう、あの夜、ザナルフが寝室の窓から放った指輪は海には落ちなかった。張り出した岩にでもあたったのだろう。運よく砂浜に転がっていたのだ。

ザナルフがきっと窓から捨てたと推測し、夜明けとともにその指輪を探し回り、見つけたときには運命が微笑んだ気がした。

あるべきものは、あるべきところに還るのだ。

キリエは商人から薬草と本を受け取ると、鼻歌を歌いながら軽やかな足取りで、城にある自分の部屋に向かう。

十日後にはきっと世界が変わっている。

フローリアさえいなくなれば、きっと私を見てくれる。なおさら、この思いを伝えれば、ザナルフは私の愛に気づくだろう。

キリエはザナルフとの未来を思い描き、柄にもなく幸せそうに微笑んだ。

第七章　突然の別れ

――その夜。いつものように海は静かに凪いでいた。

はじめの頃は気になってよく眠れなかった波音さえも、今は心地よく耳に響く。

夜空には銀色の満月が昇り、海面を明るく照らしている。

「姫様、明日にはザナルフ様が戻られますわね。さ、湯の用意ができましてよ」

「ありがとう」

フローリアはアウラから身体を拭く布を受け取ると、ザナルフの寝室の一角にあるこじんまりした浴室に入った。浴室といっても、ただ衝立で仕切られているだけの簡素なものだが、ザナルフはフローリアのために部屋に真鍮（しんちゅう）製のバスタブを用意してくれた。熱いお湯はないが、ぬるい泉の水を山から引いている。冷めた湯ぐらいの温度で、この南の島で湯あみをするのにはちょうどいい。

ザナルフから贈られた真珠の指輪を外して、傍らの台の上にコトリと置く。あの日以来、肌身離さず身に着けているが、湯あみの間だけは外している。石鹸（シャボン）の成分で、美しい真珠が痛んでしまっては困るからだ。

フローリアアは着ていたものを脱いで、ゆっくりとぬるま湯につかった。

この頃は、髪を洗うのもすべて自分でしている。アウラや使用人になるべく手を借りずに、身の回りをすべて自分で整える。キリエは治療師として自立して生活をしているのだ。私もいつまでも大陸の王女気分ではなく、自分のことは自分でしなければ……。

つい先日も着ていた衣服を洗濯しようとしたら、さすがにアウラによって阻止されてしまった。

「私だってできるのに……」

それでもアウラは、そんなことを姫様にさせるわけにはいかないといってきかない。

仕方なく使用人に任せることにした。なんでも、漁に出ることができない体の弱い者や女性がお金を得る生活手段として、城の細々とした手伝いをしているのだという。

フローリアアは香りのいい石鹸を海綿で泡立て、伸ばした腕に滑らせた。この石鹸もザナルフが特別に用意してくれたものだ。わざわざフローリアアが使い慣れていた大陸のものを入手してくれたらしかった。

慣れない島でのそういう気遣いが嬉しい。

ああ、早くザナルフに会いたい。もう、この島に向かっているかしら？

彼が船でこの島を離れてから、今日で九日目。きっと明日には戻ってくる。

だから隅々まで美しくしたい……。

フローリアアはザナルフと愛し合うことを思い描いて、うっとりとする。

こんな風に男の人に抱かれるのを期待してしまうのは淫らなこと？　――いいえ、違う。ザナルフも言っていたわ。愛の行為は少しも恥ずかしくはないと。

「あと一日、あと一日！」

鸚鵡のラキが、フローリアの声を真似てお喋りをはじめる。

ザナルフのいない間、寝付けないときに、鸚鵡のラキを相手にお喋りをしていた成果が表れている。なによりラキは夜のザナルフの睦言まで覚えてしまっていたようだ。

可愛い……リア、可愛い……と、ザナルフそっくりの声音で囁いて、フローリアをドキリとさせた。

ラキのお喋りに頬を緩めながら、たっぷりと湯につかり全身を清め終えて夜着に着替えていると、なんだか城の内外が騒がしくなっているのに気が付いた。

「アウラ？　何かあったの？」

急いで着替えて衝立から出ると、アウラが窓の外を見て蒼白な顔をしている。

フローリアに気がつくと、震える手で港の向こうを指さした。

つい今しがたまで満月を映していた海面には、無数の篝火を煌々と灯した黒い船体が何隻も浮かび上がっている。

フローリアは、一瞬、ザナルフが一日早く帰ってきたものだと思い、綻びそうになった口をはっとして引き締めた。

――違う。ザナルフの船じゃない。

よく見ると、舷側には夥しい数の大砲が並び、すべて島の方を向いている。

さらに満月が照らし出した帆に描かれているマークを見てフローリアはあっと声をあげた。帆には見覚えのある隼（はやぶさ）のマークが浮かび上がっている。

あれは、フランツの国、ラナンクルス王国の船……。

すると大きな船から喫水（きっすい）の浅い小型の船がいくつも降ろされ、島に向かって進み浜辺に乗り上げた。すぐさま松明（たいまつ）や武器を持った兵士たちが飛び出て、島の小さな家々に燃える松明を投げ込んでいる。

「……やっ、やめてぇっ——！」

フローリアは、思わず窓から叫び声をあげた。

怒号や逃げ惑う悲鳴が、城にまで聞こえてくる。フランツの船は、もはや残虐な襲撃船と化していた。

「止めなくては……！」

すぐさま城を飛び出して港に向かう。アウラも急いでその後に続いた。

港は大混乱だった。途中で島民たちが泣きながら、鸚鵡の姫さん助けて……！　と懇願する。

息を切らして港に行くと、大勢の島民たちが拘束されていた。彼らは果敢にも武器をとって兵士たちに向かっていった者たちだった。

ザナルフとて、まさかこの島にまでよそ者が襲撃にやってくるとは思いもよらなかったのだろう。屈強な男たちは、すべてザナルフの船に乗り込んでしまっている。

「ひ、姫さんっ……。来ちゃだめだ！」

「姫さんっ、逃げろっ……」

島民たちは、自分の命も危ないというのにフローリアを守ろうとしてくれている。

「黙れ……っ！」

声を発した島民が殴られた。

彼らは、鎖帷子(くさりかたびら)を着た男たちに取り囲まれていた。

「ら、乱暴はやめてっ！」

フローリアが前に進みでると、兵士らはフローリアが誰か分かっているようで、さっと道を開けた。兵士たちの後ろから現れたのは、実戦には相応しくない煌びやかな軍服を纏ったフランツだった。

「ふ、フランツ…さま……」

以前となんら変わりな金色の髪、白い肌、青い瞳——。その瞳は、ザナルフのような深みのある紺碧ではなく、青い絵の具を薄く垂らしたような色だ。

生き生きとしたザナルフとは何もかも違う。

こんなに色のない瞳に見つめられ、心臓を高鳴らせていたあの頃の自分が信じられない。

「やぁ、フローリア、僕の麗しい花嫁。嵐の海で亡くなったとばかり思っていた君が生きていてうれしいよ。君の父上の要請もあり、危険を冒してはるばる迎えに来た。今すぐこんな野蛮な島を離れて国に戻ろう」

　フランツがフローリアの腕をわし掴む。とたんにぞわりと肌が総毛だつ。

「い、いやっ……！　フランツ様……、あの夜のことを私は忘れていません。あなたはザナルフに私をくれてやると言ったんです。自分の命乞いのために私を差し出したのはあなたです……」

　あの時の裏切りを思い出し、震えてかき消えそうになる声に、ありったけの力を籠める。

　私には信じられるものが一つだけある。それは、ザナルフの心だ。

　フローリアは、まっすぐにフランツを見据えた。

「私は、もうあなたの花嫁ではありません。この島の王であるザナルフのものです。どうぞ、お帰り下さい。お父様にも、私のことは諦めて欲しいと伝えて」

　優しい家族と縁を切ると思うと辛かったが、フローリアの心は変わらない。

　国に戻れば、フランツの妻となってしまう。

　卑怯な人間を夫として敬うことはできない。なによりザナルフとは決して離れたくない。

　愛する人は、ザナルフただ一人なのだ。

「……ほう。可愛いだけのフローリアもなかなか言うようになったな。だが、あまりの恐怖で妄想を現実だと思い込んでいるのではないか？　あの夜、大嵐に見舞われ、船が転覆して船長もフローリアも海に投げ出されてしまったんだよ。すぐに僕も海に飛び込んで君を探したが見つからなかった。数人の兵士と僕だけが、小舟に乗って運よく国に戻ることができたんだ。君は死んだと思われていたが、この島に流れ着いて、島民に救われた。君が生きていると知って、ようやく今日、僕は迎えに来たんだ。再会できてうれしいよ」

フランツが握りしめたフローリアの腕に力を込めた。

「――やめてっ、そんなの嘘っ！　私に触らないでっ！　私はこの島でザナルフと結婚したの。もう国には帰らない、私はザナルフのものなの。ザナルフにすべてを捧げたの……！」

するとフランツが下卑た薄ら笑いを浮かべた。次の瞬間、まるで蔑むようにぎらりと睨みつけられ、フローリアは身の危険を感じて後ずさった。

腕っぷしの強い島民たちは、ザナルフの船に乗り込んでいる。今この島にいるのは、年寄と女子供ぐらいだ。

フランツを止められるような者はいない。

「――ほう。自ら姦淫（かんいん）の告白をするとは、なかなかの度胸だ。俺の花嫁でありながら、あいつに脚を開いたんだな。この淫乱がっ――」

バシンッと音がして、頬が灼けるような痛みを覚えた。目からちかちかと火花が飛んで、気が付くと砂浜に打ち伏していた。

フランツから殴られたのだと思い知る。

「ひっ、姫様っ――！」

アウラが泣きながらフローリアを庇う。

「フランツ様、どうか後生です。フローリア様は、死んだと思ってくださいまし。私もフローリア様もこの島でひっそりと生きてまいります。ご迷惑はおかけいたしません」

「……アウラ、君には失望したよ。有能な女官だとばかり思っていたのに。お前がいながら、フローリアの純潔が野蛮人に奪われてしまったじゃないか。どうしてくれる？　口ばかり達者なその無能な舌を切り取ろうか？」

アウラが蒼白になってガタガタと震えだす。

フローリアは、立ち上がるとフランツを睨みつけた。

「やめてっ！　アウラには、なんの罪もありません。私は自らザナルフの妻となったの。お父様にもそのように手紙を書きます。どうぞ、離縁してください。私の持参金は、そのままフランツ様にお渡ししますから」

フローリアは島民を拘束している兵士のもとに行くと、今すぐ解放するよう命令した。

「おっと、フローリア。君はまだ分かっていないようだね。僕と君との結婚で、莫大な金が君の国から流れているんだよ。君の持参金とは別に。この際、君が純潔でないことには目を瞑ろう。離縁はしないが、子は儲けてもらう。それが、君の父上との契約だからね」

「――契約？」

「まさか、王族が愛だの恋だので結婚するとは思ってないだろう。僕と君との結婚で、君の国が海から攻め込まれた場合、海軍を派遣する条約を締結している。その見返りとして莫大な資金を提供してもらっているんだよ、君の父上からの条件は、君と子を成し世継ぎとすること。だから離婚はあり得ない。子を成すまではね。君は穢れてしまったが、まぁ、目を瞑ろう」

屈辱的な言葉に、フローリアはわなわなと震え出した。

——私は穢れてなどいない。ザナルフと愛し合ったのは、天にも昇る心地だった。逆にフランツに抱かれると思うだけでも、奈落に突き落とされ、穢されたように感じる。

「そ、その契約は父とあなたのもの。私には関係ありません。島民は無抵抗です。どうか解放してあげて」

するとフランツが、傍らの兵士に目配せをした。兵士は心得たように頷くと、島民の一人を後ろ手に縛って連れてくる。まだ年若い少年だった。

兵士はその少年をフランツの目の前に跪かせて動けないように抑え込む。

「フローリア、君はまだ自分の立場が分かってないようだね。僕は君に一緒に帰るようにお願いをしているわけではない」

フランツがゆっくりと腰から剣を引き抜いて、その少年に狙いを定めた。

後ろ手に縛られた少年は、がくがくと震えているが、命乞いなどしない。

「や、やめてっ！　なにをするの？　無抵抗の子供を殺すの？」

「この島の島民どもは蛮族の仲間だ。たとえ殺したところで、誰も責めるまい。フローリア、僕と一緒に来ないなら、ここにいる島民を全員殺す。そして島の集落をすべて焼き払う。さぁ、どうする？」

フローリアは、あまりの残虐さに慄然（りつぜん）とした。

「酷い！　野蛮人はあなたよっ！」

「なんとでも言うがいい。その可愛い口にはあとでたっぷりと仕置きをしてやろう」

こんなにも悪辣な人だとは思わなかった。私は本当にこんな男を夫にして喜んでいたんだろうか。

ザナルフがいない今、島民を守れるものは誰一人いない。

フローリアの瞳から涙が零れ落ちた。こんなに無力を感じたことはない。

「……やめて、その子を、島民を助けて。なんでも言うとおりにします……」

へなへなと力なく崩れ落ちたのをアウラが駆け寄って縋りつく。

「ひ、姫様っ……。おお、なんということ……」

「最初から素直にしていれば可愛いものを。舟に乗れ、アウラ、お前もだ」

フローリアは兵士に両脇を支えられ、桟橋にある小舟に連れて行かれた。島民からは、
姫さん、ダメだ！　行っちゃだめだ……！　という声が折り重なるように聞こえてくる。

――泣くまい。泣いちゃだめだ。

今自分が島民を守るためにできることは、フランツと一緒にこの島を離れることなのだ。

この楽園のような島を。

フローリアは、ザナルフの城を仰ぎ見る。幸せな夜を過ごしたあの城を一目、心に焼き付けておきたかった。

すると最上階にある二人の寝室の窓に人影が揺らめいた。

目を凝らしてみればそれはキリエだった。

なぜかキリエがザナルフとフローリアの寝室に佇んでいる。

フローリアはアウラと共に小舟に乗せられると、兵士たちが停泊している軍船にむけて勢いよく櫂（かい）を漕ぎだした。

引き潮に乗って、見る見るうちに島から離れていく。

「――ああ、フローリア様……、おいたわしい……」

傍らでアウラが啜り泣くが、フローリアは何も感じなかった。

まるで心がすべてなくなってしまったかのようだ。

永遠の時など存在しない。

ザナルフとの夢のような生活はあっけなく終わりを告げた。まるでユウナの花のようなひと時だった。その花言葉は、夢のような想い出……。

(――だからこそ、美しく感じないか？　ずっと愛でていたくなる花だ)

ザナルフの言葉を思い出して、はじめて心臓がぎゅっと締め付けられる。

フローリアの瞳から涙が溢れ、一筋のしずくとなって海面にぽとりと落ちて沈んでいった。

まるで、真珠が海に吸い込まれていくようだった。

兵士たちの櫂を漕ぐ声がいっそう力強くなり、小舟はどんどん軍船へと近づいていく。

フローリアは小舟の縁に摑まって、離れ行く城を見つめていた。

窓辺の人影がゆらりと肩を揺らしたような気がした。まるでキリエがうっすらと微笑んでいるかのように。

その人影はいつまでも消えずに、フローリアの小舟が見えなくなるまで見送っていた。

＊　　＊　　＊

それでもフローリアは、まだ希望を捨ててはいなかった。

フランツの船に乗せられ、今はこうして祖国ファルネーゼ王国の港に降り立っている。

久しぶりの故国で懐かしいはずなのに、その空気は生温くじめじめと肌に纏わりついてくる。

人々で賑わい見慣れたはずの華やかな王都の街並みが、まるで色のない風景画のようにさえ思えた。

今や自分にとって還るべき場所は、あの楽園、マグメル島なのだと思い知る。

空は紺碧の海と見分けがつかないほど碧く、水平線の彼方まで広がっている。

海原を渡ってくる潮風は、どこまでも清廉で心をも浄化してくれる。

――ああ、私の戻る場所は、ザナルフのいるあの島だ。彼のいる場所こそが、私にとっての楽園なのだ。

「さぁ、フローリア、父上殿の待つ王城へ行こうか」

傍らに立つフランツが向けた視線の先には、ひときわ豪華絢爛な馬車が迎えに来ていた。ファルネーゼ王国の紋章の入った馬車だ。

「フローリア様、私もお供いたしましょうか？」

近くに控えていたアウラが側に寄ってきて耳打ちしたが、フローリアは微笑みながら首を振った。

「いいえ、アウラの家族もきっと首を長くして待っている筈だわ。私は大丈夫だから、家に帰ってご両親に無事な姿を見せてあげて」

「ですが……」

するとと騎士たちが近づいてきて、フローリアの前で跪くとそのドレスの裾に口づけた。

「ファルネーゼ王国第三王女にしてラナンクルス王国王子妃であるフローリア妃殿下、国王の命により、お迎えに上がりました」

そのゴテついた称号に嫌気がさしながらも、フローリアはアウラに大丈夫だからと軽く頷くと、騎士の後に続いて、馬車に乗り込んだ。

きっとうまくいくと確信している。

なぜなら、フローリアにはある考えがあった。

敬愛してやまない父に、これまでの経緯をすべて打ち明けよう。

嵐にあって海に投げ出されたなど、すべてはフランツの作り話。フランツは、自分の命と引き換えに私を切り捨てたも同然だと。

本音を言えば、フローリアにはそんなことはどうでもよかった。自分は運命の人と出会い、かの島でその人とともに人生を送りたいだけだ。

ザナルフは命がけで私を救ってくれた。

自らの命を賭して愛してくれる運命の人と出会い、結婚したのだと父に告げよう。

結婚の証に贈られた真珠の指輪を残してきてしまったのが心残りだが、自分を溺愛している父に話せば、きっとあの島に戻してくれるはずだ。

「その可愛い小さな頭で何を考えているのかな？　わが愛しのフローリア」

一緒に馬車に乗り込んだフランツが薄らと笑う。

「……あ、あなたには関係ありません」

自分にこんな声が出せるのかと思うほど、冷たい声だった。

それでもフランツは、相好を崩したままフローリアを眺めている。

――今に見ているがいいわ。洗いざらい父王に話してあげる。

父が真実を知れば、きっと激怒してすぐにもフランツと離縁できるだろう。

ここは私の故国だ。フランツなど怖くはない。いざとなれば、兄王子たちも守ってくれるはず。フランツを怖がる必要などない。

優しい兄や姉たちのことを思うと、心に力が湧いてくる。

馬車はいつの間にか見慣れた凱旋門をくぐりぬけた。すると、そこはもう王城の敷地だ。

――ああ、お父様に会って、はやくザナルフのもとに戻りたい。

フローリアの心は逸る。

いざ王城の中に入ると、幼い頃から仕えている召使いたちが、みな一様に涙しながら出迎えていた。

「フローリア姫、おかえりなさいまし……！」

嵐で亡くなったと思っていたフローリアが元気な姿で戻ったのだ。フローリアもこの時ばかりは、戻ってきて良かったと涙ぐむ。

「皆、ありがとう。心配をかけてごめんなさい。お父様はどちら？」

「ご家族用のサロンで、皆様とともにお待ちです」

フローリアは、ようやく家族に会えると思いほっとした。案内の家令とともに二階にあるサロンへと急ぐ。フランツも一緒に付き添ってきたが気にしないことにした。彼がいようといまいと、真実を父に打ち明けるという気持ちは変わらない。

待ちきれずに、サロンの扉を勢いよく開けると、フローリアは小さな子供のように部屋の中へと駆け込んだ。

「お父様……！　お兄様、お姉様っ……！」

だがサロンの玉座にいる父王は、フローリアが想像していた父とは全く違っていた。

苦虫を嚙みつぶしたような顔をしている。

周りを見ると、兄王子や姉王女も勢ぞろいしていた。

――が、誰一人、フローリアに近づいて、言葉をかけ抱きしめようとはしない。

兄王子をみると、三人ともぱっと目をそらし、姉王女は不快そうに扇で顔を隠した。

「あ、の……？」

思いもよらない家族の反応に戸惑っていると、背後からフランツの声がした。

「――義父上、ただいま戻りました。無事にフローリアを蛮族から奪還いたしました」

「よくぞやってくれた、フランツ殿。忌々しい蛮族め。これで仕返しができたというものだ。我が娘は、そなたに顔向けできないことをしたというのに、命を賭して救出してくださるとはなんと寛大な王子だ」

フローリアは、驚きすぎて目を剝いた。心臓が途端にばくばくと跳ねる。

――ちがう。私は救出されたんじゃない。無理やりフランツに連れてこられたのよ！

「フローリア、そなたには失望した。自分の命が惜しいがために、王族ともあろう者が、やすやすと蛮族の王ごときにその身を娼婦のように委ねるとは……！　恥を知るがよい。だが、ありがたいことにフランツ王子はそなたを許し、離縁はしないという。今後は身持ちを固め、フランツ王子に尽くすように」

信じられない言葉を聞いて、フローリアはまるで石のように固まったまま動けない。

――どういうこと？

私が、命乞いのために蛮族に身を委ねた……？

姉王女たちは、蔑みの目でフローリアを一瞥すると、ひそひそと話しはじめた。

「まぁまぁ、陛下。フローリアも大変な思いをしたのです。蛮族の襲撃は、か弱き女性にとってはさぞ怖かったことでしょう。自分の命と引き換えに、蛮族の王にその無垢な身体を差し出したのも同情すべきことであって、責められるべきことではありません。私はすべてを水に流して、これからフローリアと仲良くやっていくつもりです」

あまりのことに、身体から一瞬で血の気が引き、気を失いそうになる。それでもフローリアは、よろよろと父の前に行き、その足元に跪いた。

「お父様……。お願い、話を聞いて。ちがうの。私は命乞いのために身体を差し出したりなんかしない。命乞いのために私を切り捨てたのはフランツの方よ！」

「なにを言う。フランツ王子とともに助かった者たちは、皆、同じことを申しておる！フランツとお前が蛮族の王に殺されそうになった時、お前はその身体を差し出し、蛮族の王を誘惑したというではないか。自分だけは助けて欲しいと命乞いをしたと聞き及んでいる。王族として聞くに堪えない、破廉恥な話だ。そんな恥ずかしいことを民には話せない。お前は嵐にあって死んだのだと発表したのだ」

父の言葉が、がんがんと頭に鳴り響く。

――ちがう。

そんなんじゃない。全てはでたらめだ。

――ちゃんと話さなきゃ。

本当のことを。真実を。しかし衝撃のあまり、うまく口が動かせない。

全身が、がくがくと震えだす。

「わ、わたしは……、ザナルフを愛していて……、だから……ひっく、ザナルフの元に帰りたくて……」

泣きじゃくりながら漏れ出た言葉は、フローリアの唯一の願いだった。

父王はさっと立ち上がり、跪くフローリアにすげなく言った。

「余はそなたを甘やかしすぎたようだ。そなたの胎には、いかがわしい蛮族の子がおるやもしれぬ。そのため、子がいないと分かるまで城の離れに滞在しているように。その間に蛮族の男のことなど綺麗さっぱり忘れるのだ。よいな」

――涙で目の前が霞んで見えない。息が詰まって胸が苦しい……。

それでもフローリアはぶんぶんと顔を振る。

「いやです……。わ、わたしは……、私の愛する人は、ザナルフただ一人で……」

父王は、あからさまに軽蔑したような顔をした。

「なんということだ」

「陛下。恐れながら、フローリアは混乱しているのです。いつ命を奪われるかもしれない蛮族に囚われていたのですから。この城で心穏やかになれば、またもとのフローリアに戻るでしょう。私の願いは、フローリアの心の平穏です」

フランツが進み出てフローリアの手を取った。

「なんと、フランツ殿、我が娘にはもったいない言葉だ。フローリアが野蛮人の子を孕んでいないと分かれば、改めてフランツ王子にお渡しすることといたそう。フランツ王子、申し訳ないがそれでよろしいか？」

「ありがたきご配慮に存じます。フローリアに子がいないと分かるまで、夫婦としての営みはできませんからね。誰の子か分からぬまま生まれた子を、我が子として育てるなどもってのほか。流石に僕の血筋を穢すわけにはいかない。その間、フローリアをお預けします」

フローリアは泣きじゃくりながら、フランツに摑みかかった。

「──ちがう。ちがう、嘘よっ！　あなたはなんて卑怯な……っ」

それでもすぐにへなへなと足の力が抜けてへたりこんでしまう。

頭に血が上り、呼吸が苦しい。

なぜ、誰も信じてくれないの？

なぜ、お兄様も、お姉様も助けてくれないの？　どうしてそんな目で見るの？

「──ああ、フローリアは記憶が錯乱しているようですね。可哀そうに。ここには、僕もいるからもう安心していいよ……」

フローリアはフランツにぐいと腕を摑まれ引き上げられた。

……ちがう、私が側にいて欲しい人は……

「フローリア、ほら、大切なものを無くしてしまっただろう？」

フランツは、力なくふらふらと立ち上がったフローリアにぴったりと寄り添った。その手を取り、左手の薬指に光るものをぐっと嵌めこんだ。

「――――っ」

フローリアは、あるはずのないものを目にして、ヒュッと息を呑んだ。

――エメラルドの指輪だ。

ザナルフが窓から海に捨てたはずの、指輪……。

目の前の視界がぐらりと大きく揺れた。

どうしてなの？　なぜ捨てたはずの指輪をフランツが持っているの……？

なぜ……？

「……ナ、ル……フ……」

ああ、だれか私をザナルフの元に連れて行って。

せめてこの魂だけでも……。

あの島に還りたい。私の心はあの島にある。マグメル島に。

だんだんと薄れゆく意識の中で、フローリアが目にしたのは、非情にもゆっくりと口角をあげて微笑んでいるフランツだった。

その瞬間、フローリアの意識は混沌の波にのまれていった。

第八章　命の灯

「姫様っ……、ああ、そんな重いものを持ってはいけませんわ！　私がお運びしますから！」

「アウラ大丈夫よ……、あっ」

フローリアは、籐で編まれたゆりかごを持ちあげようとしたところを、すぐにアウラに奪われてしまう。

「全くもう、油断も隙もありませんわ。ようやく煎じ薬で悪阻が良くなったというのに」

「でも……、寝てばかりでもダメだってばば様が」

フローリアは今、王都から遠く離れた国境にほど近い、西の離宮に追いやられていた。

フランツに強引に故国に連れてこられた後、子を身籠っていないことを確認するまでは、城の離れでひっそりと生活することを余儀なくされた。

フローリアの予想に反し、敬愛していた父、いつも味方になって可愛がってくれた兄、あれこれと世話を焼いてくれた姉たちは、皆一様にフランツの話を信じ、フローリアのことを誰一人信用してくれなかった。

家族との交流をほとんど絶たれたまま、二ヶ月と少し経った頃、フローリアの懐妊が判明する。

すると父王は激怒した。お前は姦淫により忌まわしい子を授かった、フランツ王子にも顔向けができないと言って、半ば勘当も同然にアウラと二人、西の離宮に移送されたのだ。

西の離宮は、フランツの国との国境にあり、昔は要塞として使われていたものを改装したものだ。離宮と言えば聞こえはいいが、どちらかと言うと、落ちぶれかけた古い城で、訪れる者もなくひっそりとしている。

それでもフローリアにはその方が都合よかった。この静かな西の離宮で、ザナルフの赤ちゃんを産むことができる。さらに父がフランツに正式に離縁を申し込んでくれれば、なお都合がいい。

「お前たち、全く騒がしいね。いったい何をしているんだい？」

「——ばば様っ、ごめんなさい。お昼寝をお邪魔してしまった？」

西の離宮のこぢんまりした玄関ホールに現れたのは、フローリアの祖母の姉にあたる伯祖母(おおおば)だった。後ろには、老齢の女官らが並び控えている。

フローリアが小さな頃から、ばば様、と呼んで慕っている肉親でもあり、この西の離宮の女主人でもある。

父王が王位につくまでは、エリザベート三世女王として君臨していたが、一生独身を通し、妹の息子である父が成人して国王になると、宮廷から一切身を引いた。今は忘れられた元女王として、昔ながらの限られた召使いとともに、この西の離宮で暮らしている。たしか、もう御年七十五になるはずだ。

「――お邪魔をして申し訳ありません、フローリア王女」

そう声をかけてきたのは、いつもばば様に付き従っている老騎士、アルフレッドだ。

彼は、ばば様が即位をしたときに若くして女王付の騎士に叙任され、以降、ばば様が退位した後もずっと彼女の身辺警護にあたっている忠実な騎士だった。

「いいのよ。私たちのほうこそ、うるさくしてしまったわ」

「――まったくだよ、こんなに騒がれては、おちおち眠れやしない。おや、なんだいそれ？」

ばば様は、手にしていた杖をひゅっと上げて、アウラが手に掲げているゆりかごを指した。

「あの……、アウラのお姉さんがお子さんを出産したときのものを色々頂いたんです。赤ちゃん用のものが何もなかったから……」

玄関ホールには、アウラの姉から送られてきた使い古しのゆりかご、乳母車(うばぐるま)、赤ちゃん用の衣服、お布団、玩具などが所狭しと運び込まれている。マタニティ用のドレスも沢山あった。

父から、ほぼ勘当同然に西の離宮に追いやられ、王族としての生活費の支給がすべて打ち切られてしまった。衣食住は、この西の離宮のもので賄えるが、それ以外の買い物が一切できない。

　これから生まれる赤ちゃんのための準備を何一つ自分で用意することができないのだ。そんなフローリアのために、アウラが身内にお願いして、捨てるはずだった使い古しを貰ってくれたのだった。

「誰かが赤ん坊でも産むのかい？」

　ばば様に聞かれて、フローリアは柔らかく微笑んだ。もうこれまで、何度もやり取りしている会話だ。

「ばば様、私の赤ちゃんです。私とザナルフ様の大切な赤ちゃんが生まれるから……」

「そうか、それは良かった！　元気な赤ちゃんを産むんだよ。赤ちゃんは宝だ」

　フローリアは、頬をほんのり染めて、ばば様に礼を言う。

　こんな風に声を掛けてもらえるのが素直に嬉しい。

　たとえ、ばば様の物忘れの病が激しくて、フローリアの置かれた状況をよく理解していなくとも、元気な赤ちゃんを産むんだよと、血のつながった肉親に喜んでもらえるのが嬉しかった。

　フローリアの妊娠が発覚した後は、兄や姉たちからも蛮族の子を宿していると蔑まれ、いまや、身内からは王族に泥を塗った恥さらしとさえ言われている。

　父王は国民にフローリアのことを嵐で九死に一生を得たものの、心を病んでしまい静養していると触れを出していた。そんな嘘を国民に言ってまで、王族の体裁を取り繕う父を、フローリアはどこか冷めた目で見ていた。

昔のフローリアならきっと今の置かれた立場をただただ嘆き悲しんだだろう。

でも、今の自分は違う。

私は恥じることは、何一つしていない。

なにより、心から愛している人の赤ちゃんをこの身に宿しているのだ……。

ザナルフの子種が宿ってくれたことが、この上なく嬉しい。

まだアウラにも言ってはいないが、フローリアは密かに計画を練っていた。

赤ちゃんが生まれたら、この国を出てザナルフの島に還る。

そのために、自分の宝石をずっと大切にしまっている。それをお金に換え、優秀な水先案内人を雇ってあの島に、ザナルフのいる島に還るのだ……。

きっとザナルフも待っていてくれるはず。

「フローリア、お前のことはこの私が、ちゃんと考えているよ。お前は小さい頃から、唯一、私に会いに来てくれたり、ずっと手紙を書いてくれた優しい子だ。お前のことは、このばば様が何とかするから、安心おし。これでも、この国の女王だったんだからね。もう手は打っている」

ときおり、ばば様は、フローリアの心を見透かすようにじっと見つめては、病気とは思えないような口ぶりで話す。

その瞳は女王として君臨していた頃を彷彿(ほうふつ)とさせるが、それもほんの少しの時間だけ。

すぐについさっき何を言ったのか、忘れてしまうのだ。

「……ありがとう、ばば様。ばば様だけが、頼りだわ……」

エリザベートがフローリアを抱き寄せると、よしよしと背中を撫でた。

「はて……？　私はここに何をしに来たんだったかのう？」

フローリアは、アウラと目を合わせて、くすりと笑う。

「恐れながら、エリザベート様、午睡をとりにサロンへ向かっているところでした」

老騎士アルフレッドが進み出た。

「姫様、ここの荷物は私と召使いで運んでおきますから、エリザベート様をサロンに……」

アウラがフローリアに耳打ちする。

「ありがとう、任せたわね。ばば様、さぁ、サロンに行きましょう」

「すまないね。おや、あんた誰だい？　ねぇ、アルフレッド、この娘を知っているかい？」

すると老騎士アルフレッドは、すまなさそうな瞳をフローリアに向ける。フローリアは、いいのよ、というように首を小さく振った。

「ばば様、私はフローリアよ」

「そうか、そうだった。もちろん覚えているよ」

フローリアは少し寂しそうに頰笑むと、ばば様の手を引いて離宮の奥にあるサロンへと歩いて行った。

＊　　＊　　＊

——その日の夜。思いがけない珍客があった。

フローリアが湯上りに、アウラが持ってきてくれた入眠前の煎じ薬を飲んでいた時だ。

入浴を終えた後だけに、少しばかり蒸し暑くて窓を開けていた。

すると、バサバサっと音がして突如、黄色いものが部屋の中に舞い込んできた。

「きゃぁっ！　な、なにっ？」

「ひっ、姫様っ、お怪我はっ？」

二人はぎゅっと抱き合い、おそるおそるその物体に目を向ける。

「——リア、——リア、——ラキ、キタ！」

フローリアのベッドの上で、ぴょんぴょんと嬉しそうに飛び跳ねている。

その姿をフローリアは信じられない思いで見た。

「うそっ……！　ラキ、ラキじゃないの……！」

すぐさま鸚鵡のラキに駆け寄ってぎゅっと抱きしめた。

——懐かしい潮の香りがする。南国の匂いがする。幸せの予感がする……。

ああ、ラキなんだわ……！

故国に戻ってからというもの、マグメル島について調べようとしたが、神秘の島とザナルフが言っていただけあって、どの書物や地図にもその場所は記されていなかった。

お腹の赤ちゃんがいなければ、これまでのすべては、幻想だったのかと思ってしまうほどだ。

二ヶ月以上がたち、南の島での思い出が薄れてゆくにつれ、心が折れそうになった。

思い出だけじゃない。

一番は、ザナルフのぬくもりが薄れていくのが怖かった。

彼の甘い囁き、あたたかな吐息、逞しく打ち付ける心臓の音……。

ザナルフから愛される喜びを知ってしまった今、それを知らなかった自分には戻れない。

真珠のように大切な記憶は、日が経つにつれ、いつしか手のひらに掬った砂となり果て、さらさらと指の間から零れ落ちていく。

離れた日々の数だけ、心に空虚が積み上げられ、その空虚が増えれば増えるほど、諦めに似た気持ちが募っていった。

――モウ、アウコトハデキナイノ？

――ワタシヲ、ワスレテシマッタノ？

たった一人で心が挫けそうになっていたところに、思いがけず幸運の使者が舞い込んできた。

ラキは自分にとって幸運の鳥だ。アウラも信じがたい目で鸚鵡のラキを見つめている。

「……ラキ、お前どうしたの？　どうやってここに来たの？」

まさかあのマグメル島から、はるばる飛んできたのだろうか。それにしては羽が痛んでないし、鸚鵡がはるばる海を渡ってくるとも考えにくい。

――まさか、ザナルフ様が近くに？

フローリアはラキを抱きしめたまま、急いで窓辺にいくと、その身を乗り出して外を覗いた。

この離宮は、もともと要塞であったせいか窓の下には国境沿いを流れる川がある。川の向こう岸は、フランツの国の領土だ。

「ザナルフ様……？」

呼びかけてみたけれど、川の流れる音しか聞こえない。しかもここは離宮の三階だ。まさかこんなところにザナルフがいるわけがない。

それでも、きょろきょろとあたりを探って目を凝らしてみるが、いつもどおり真っ暗な川面がゆらゆらと流れている。

耳を澄ませば、水際に生えている草むらから夏虫のりんりんという鳴き声が聞こえてきた。

――ばかね。まさか、ザナルフがこの国に来るはずはない。きっとこの国に来たことが分かれば、殺されてしまうもの。

「――まぁ、姫様、ラキの脚に何かがついていますわ」

「えっ？」

「ほら、ここですわ」

目ざといアウラがラキの脚についているものを指さした。その片脚には細いリングが嵌めこまれており、小さな筒のようなものが付いている。

「これは通信筒ですわ、姫様。その昔、戦では軍鳩にこの通信筒をつけて連絡を取り合っていたんですよ」

アウラが慎重にラキの脚に嵌めこまれている筒から、小さな巻物のような紙を抜き取るとフローリアに手渡した。

……通信筒？

フローリアは心臓の音が自分でも聞こえそうなほど、どきどきしながらそれを受け取った。

ともすれば、震えだしてしまいそうになる手で、くるくると小さな巻物を開いていく。

すると四角い紙切れに、たった三行の文字が記されていた。

アイシテイル
カナラズ
タスケル

――ああ！

フローリアはその紙切れを手中に握りしめ、胸にぎゅっと抱きしめた。

堪えきれずに涙がひとりでに、あとからあとから溢れ出してくる。

「うっ……、ひっく……、っう……」

肩を震わせながら、まるで子供のように泣きじゃくる。

差出人が分かるような言葉は一切書かれてはいない。そう、ただの悪戯かもしれない。

でも、私には分かる。これはきっとザナルフだ——。

胸がじぃんと熱くなって、嗚咽が込み上げた。

ああ、ザナルフが助けに来てくれる……！

「姫様……」

アウラまでも言葉を出せずに涙を零している。

それはいつとも知れない、不確かなメッセージだ。

助けに来てくれるのは、明日かもしれないし、一年後かもしれない。

それでも乾いた土を水が潤すように、フローリアの心がみるみるうちに蘇っていく。

——大丈夫。頑張れる。

心に勇気が湧いてくる一方で、漠然とした不安も広がってくる。

一番気がかりなのは自分がザナルフの子を懐妊していることが分かった後、フランツからまったく音沙汰がないことだ。

城の離れにいたときには、ときどき様子を確認するためか、定期的に訪れていた。でも、この離宮に来てからは、訪問がぱったりと途絶えた。

——私を諦めてくれたのならそれでいい。

でも、わざわざあの島にまで執念深く迎えに来るほどのフランツが、そう簡単に諦めるだろうか。

——いいえ。考えすぎよ。フランツは自分以外の男の子どもを宿した女になど、もう興味がないでしょう。

なぜなら、ラナンクルス王国第一王子であれば、私を離縁したとしても、彼の妃となりたい姫君は星の数ほどいるのだから。

この離宮だって、王都から遠く離れ見張りらしい見張りもいない。昔ながらの門番が数人いるぐらいだ。もし、ザナルフの侵入を阻みたいのであれば、フランツは大勢の兵士をこの離宮に配備するだろう。

だからきっと大丈夫だ。

「——アウラ。私、ザナルフ様が迎えに来たら、一緒について行くわ。そして、もう二度と、この国には戻らない……」

アウラは息を呑んだ。

攫われて彼のものになるのではない。

自ら、ザナルフとの人生を歩むのだ——。

「姫様、もとより姫様のご決心は心得ております。私もお供いたします」

アウラは泣きながら笑った。


その夜、フローリアアは幸せな夢を見た。

自分の魂が鳥のように大海原を渡っている。カモメをも追い越して、ぐんぐんと。

そうして南の島の真っ白な浜辺に佇む、最愛の人を見つけたのだ。

（――ザナ、ルフ……。私は、ここよ……）

伸ばしかけた手は、もう少しで彼に届く。

幸せの予感に、魂が打ち震えた。

あと少し、ほんの僅かに手を伸ばせば、私の心が最愛の人に届くのだ……。

＊　　＊　　＊

鸚鵡のラキが現れてから、フローリアは密かに、けれども着実に準備を始めていた。

いつザナルフの迎えがあってもいいように、最低限必要なものを揃えて革袋に入れ、すぐに取り出せるようにベッドの下に入れておいた。もちろん、自分の宝石もちゃんと袋に詰め込んだ。

途中お金に困ることがあれば、それらをお金に換えてザナルフとともに島に戻れるからだ。

ザナルフがラキに括り付けてくれたメッセージは銀のロケットに入れて肌身離さず、大切に胸にぶら下げている。

自分がこの西の離宮を去った後、ばば様が寂しくないようお別れの手紙も書いた。

きっと元気な赤ちゃんを産むことを約束して。

もちろん、父や兄、姉達にも。

迷惑をかけたお詫び。そして自分はもういないものと思って、死んだと国民に発表してほしいこと。今後、もう二度と祖国の地を踏むことはないということを……。

私は愛する人とともに、遠い場所でこれからの人生を歩んでいくのだ。

フローリアは、自ら家族と縁を断ち切るように国を離れることになんの未練も後悔もなかった。

むしろ清々しい想いで一杯だった。

最後にフランツには封筒の中にあのエメラルドの指輪を一つ入れた。

さようなら、というメッセージだけを残して。

「――リア、アイシテイル……」

聞き覚えのある声にぱっと振りむき、驚いて瞠目する。

鸚鵡のラキが、長椅子の背もたれに留まって首を上下に揺らしているのが目に入る。

フローリアの身体から、ふわっと力が抜けた。

「もう、ラキったら……。驚かさないで！　びっくりするじゃないの。ほら、いい子だからこっちにおいで」

ぽんぽんと膝を叩くと、ラキが膝の上にちょこんと乗った。

「フ、ロ――リア、アイシテイル。フ、ロ――リア、オレノ、シンジュ……」

フローリアは、目を丸くした。

自分が島を去る時まで、ラキはこんなに長くお喋りをすることはできなかった。ザナルフがラキに言葉を教えたのだろうか。

フローリア、愛してる……。

フローリア、俺の真珠……。

私のいない間、いつもそうやって囁いていてくれたの？

フローリアは胸が一杯になって、ラキをぎゅっと抱きしめる。思わず力を籠めすぎて、ラキがグエっと鳴くのもおかまいなしだ。

ああ、早く会いたい。いつ迎えに来るの……？

私はもう、いつでも出発できるのに。

――いいえ、まずはザナルフの身の安全の方が大切だ。

この西の離宮の膝元にある街には、王都にある主要港ほどではないが、物資の運搬に適した中核規模の港がある。

もしザナルフがこの国に来るとすれば、その港を利用するはずだ。そこから陸路を使ってこの離宮まで来るには、馬車用の道が一つしかない。

でもその道を通れば、すぐに見つかってしまう恐れもある。となると、川を船で遡るか、道なき森の中を馬か徒歩で離宮にたどり着くかのどちらかだ。だからきっと準備を万端に整えているのだろう。

そのときが来るまで、じっと待とう。

──ああ、どうかご無事で。神様、どうかザナルフの命をお守りください……。

夜になって、いつものように就寝前の薬を飲み終えた後、フローリアはベッドに潜り込んだ。

また、夢の中で会えますように──。

胸元のロケットを手に取り、そっと口づけをする。

長椅子に目をやると、ラキはそこを自分の定位置と決めたらしく、うつらうつらし始めていた。

「おやすみ、ラキ」

くすりと笑いながらそう声をかける。

目を瞑ろうとしたところでコツンと小さな音がして、窓辺に置かれた明り取りの蠟燭の焔(ほのお)がゆらりと大きく揺れた。

──風？

そうだ、蒸し暑かったから窓を閉め忘れていた。空気がじめじめしているので、夜のうちに雨が降るかもしれない。窓を閉めておいたほうがいいだろう。

フローリアは起き上がってベッドに腰かけると、仄かに灯る蠟燭の明かりを頼りに、足元にある室内履きにそっと指先を差し入れた。

そのとき、ふいにフローリア視界が翳る。

「……リア、俺の真珠……」

「──っ、もう、ラキったら。驚くからやめ──」

ゆっくりと顔をあげた。

とくん、と心臓が一つなって時が、世界が止まったような気がした。

薄闇の中で、小さな蠟燭の焔だけがチラチラと揺れている。

淡い光に照らされて、浮かび上がったその人が僅かに身じろぎした。

漆黒の髪、浅黒い肌、深い海の底のような碧い瞳……。

ああ、神様──!

途端に苦しいほどの想いが胸を突き上げて一杯になる。

色のなかったフローリアの世界が一瞬で虹色に輝きだした。

──まさか、夢を見ているの?

狂おしいほど会いたくて堪らなかった人がすぐそこにいる。

あと少し、ほんの僅かに手を伸ばせば、触れることができるほどに。

「ザナ……、ルフ……?」

い。

唇が、声が、心が震えてしまう。

この世界にその名を紡ぎだした途端に、目の前の人が消えてなくなってしまいそうで怖

縋るように伸ばした手が、薄闇の中で仄かな灯りに白く浮かび上がる。

その指先に、彼の指が触れた。

——温かなぬくもりがじぃんと流れ込んできた。

刹那、手をぎゅっと握りしめられ、力強い腕で広く逞しい胸の中に引き寄せられた。

「フローリア、俺の真珠。会いたかった——」

求めてやまなかった温もりに、すっぽりと包まれる。ザナルフの肌の熱さを感じ、これは夢ではないのだと実感する。

その確かな胸の鼓動を聞いて、フローリアは、とうとう嗚咽を零して泣きじゃくった。

「ふ……ぅ、っく、ザナルフ、っふ、ザナルフ、ザナルフっ——……」

「フローリア、迎えに来るのが遅くなった。許してくれ」

ぽろぽろと涙をこぼしながら、首を横に振る。

迎えに来てくれただけで、嬉しい。もう二度と会えないのだと諦めることもあった。

自分を包み込む肌の熱さをもっと感じたくて、ぎゅっと身体を押し付ける。

ザナルフの鼓動がどくんどくんと響いてくる。

——ああ、他の誰でもない、自分の居場所はこの胸の中だ……。

「フローリア、もっとよく顔を見せてくれ」

ザナルフの両手に頬を包まれ、二人の視線が一つに交わった。

「――フローリア」

ああ、懐かしい。いつも夜にだけ紡がれる低く甘さを湛えた声だ。ザナルフが毎夜フローリアを求めてくるときに囁やいていた艶を帯びた声色。

それは秘め事を暗示する二人だけの暗黙の了解。

そんな声で呼ばれて、躰の芯に熱い火が灯る。

「ザナルフ……」

フローリアもまた、違う色の声でその名を紡ぐ。

魂が互いを強く求めあっていた。僅かな時間さえ惜しむように。

ぎゅっと抱きしめられ、言葉を交わす余裕がないほど、性急に口づけられる。その瞬間、家族から受けた仕打ちやフランツのことなど、あらゆることが頭から飛び去りザナルフのこと以外、何も考えられなかった。

甘く重なるザナルフの熱い唇が、フローリアの五感をザナルフで一杯に満たしていく。

――ああ、ザナルフがここに。

きつく抱きしめられ、柔らかな唇を割って差し込まれた舌が、フローリアの舌に絡んで艶めかしい水音をあげる。まるで二つの個体が一つに溶け合おうとするように。

「ああ、フローリア、やっと会えた……」

固い身体を押し付けられ、フローリアは懐かしい感触に身を震わせた。

全身が疼き、みぞおちの下に熱が灯って渦巻いてくる。

「――リア、今すぐ欲しい……」

熱情を籠めたような切羽詰まった声が耳元で囁いた。

ザナルフは性急にフローリアを抱き上げると、出窓の羽目板にフローリアを座らせ、寝巻の裾を捲り上げてあっという間に下着を取り払う。

「あっ、ザナルフ」

「挿れたい……。お前の甘い匂いを感じただけで、もう我慢できない……」

「んっ……」

すぐさま両脚を押し広げて足の間に身体を割り込ませると、唐突に秘裂を割って指先が潜り込んできた。そこはザナルフの匂いを感じただけで潤い、くちゅりと淫らな音を立てザナルフを待ち望んでいた。

「ぬるぬるだ……、フローリア」

「はぁっ……うんっ……」

蜜口に触れた指先が溢れる蜜を掬い、花びらを器用に割って花芽に塗り付けてきた。

花びらの奥に埋もれていた小さな花芽は、たちまちつんと角(つの)ぐんで、もっと可愛がって欲しいと伝えてくる。

愛して欲しいと強請る言葉など要らなかった。

ザナルフは、分かっているよ……というように、ぷっくりと膨れた花芽を優しく撫でまわす。逞しく節くれだった長い指に捏ねまわされれば、身体が震えるほどの幸せと快感が全身を駆け抜ける。

「ふっ……、んっ……、ザナ、ルフ……っ」

「フローリア、堪らない……」

ザナルフはズボンの前立てを寛げると、膨れた楔を引き摺るように取り出した。雄を感じさせる濃い繁みの下から逞しい男根が解放され、フローリアは息を呑んだ。

「触れてごらん……、お前が欲しくてこんなになってしまっている」

ザナルフがフローリアの手を取って、己の肉茎に触れさせた。

「――っ」

熱い……。そしてビクともしないほど硬く、太い芯が走っている。

フローリアの手には余るほどの大きな肉塊がどくどくと脈打っている。ザナルフのあまりの昂りに心臓が激しく高鳴る。彼の熱に触れているだけで、秘所がじぃんと疼いてきた。

「いいか……？」

ザナルフの声が掠れている。フローリアは頬を赤らめながらこくりと頷いた。今は、ただザナルフが欲しくて堪らない。一つになりたい。ザナルフを自分の中に感じて、もう独りぼっちじゃないと感じさせてほしかった。

ザナルフがフローリアの手を優しく解くと、太い根元を握り、その先端を花唇に擦りつけた。亀頭が触れただけで、全身を甘い疼きが駆け巡る。

「ふぅんっ……」

フローリアはザナルフに抱きつきながら甘い声をあげて啜り泣く。

「ああ……、柔らかい……。とろとろで気持ちがいい」

ザナルフは、何度が肉幹を上下に擦りつけるように花弁を撫で上げた。ぬち……、ぬちと音が立ち、溢れる蜜が滴り落ちる。もどかしいほどの切ない快感が湧きあがり、ひくひくと身体を波打たせた。

蜜に塗れた長い太幹は、フローリアのあわいや繁みを掻き分けて、臍のほうまでその熱い体積を押しつけてきた。

淫らな雄の感触。その存在感に、ぞくんと肌が粟立った。

——きっと中に入ったらこんなに奥まで……。

その予感に蜜奥が熱く疼く。

「ザナルフっ、はやく、欲しいの……」

フローリアはザナルフの首に両手を回し、甘えるようにその身体を擦りつけた。

「いい子だ……。フローリア、ぎゅっと摑まってろ」

頭をそっと撫でられた瞬間、力の入らなくなった太腿をぐいっと押し広げられた。蜜壺にザナルフの熱い塊がクプリと沈み込むと、泣きたくなるほどの心地よさが突き上げてきて、たまらず逞しい身体にしがみつく。

「……熱い。お前に溶けてしまいそうだ」

「私も……、んっ」

亀頭のエラが蜜壁を押し広げながら奥に入ってくる。ぞくぞくとした快感が挿入の感触とともに這い上り、フローリアは甘い呻きを漏らす。ザナルフを待ちわびた媚肉は、歓喜に騒めき、きゅっとザナルフを喰いしめた。

「――ッ、ああ、いいぞ。俺の鞘はおまえだけだ……」

その艶めいた低い声にさえ、肌が甘く共鳴する。

どくどくと脈打ち、ザナルフの雄茎が蜜壁をなぞりあげ、フローリアの隘路を満たしていく。腰を甘く突いて亀頭が子宮口をつつくと、懐かしい官能に快感が弾けてあられもない声をあげる。

「ふぁんっ――……ッ」

ザナルフで満たされる圧迫感に、気持ちよさでいっぱいになる。

「分かるか？　全部入ってる。俺が、フローリアの中に」

ザナルフがフローリアの指先を二人の接合部にそっと押し当てた。ザナルフの熱が、どくんどくんと脈打っている。

幸せすぎて、苦しいくらいだ。

ザナルフはふっと微笑むと、愛しさを伝えるように唇を重ね合わせた。挿入されたままの口づけは、酷く淫らで、艶めかしい。舌を絡めながら、ザナルフは腰を緩やかに動かし始めた。

ズチュ、ヌチュ……と水音を立て、長い肉棒が出たり入ったりしている。

亀頭ぎりぎりまで太い幹が引き摺りだされ、すぐにグプンと脳芯を突き上げるように最奥を穿たれる。

懐かしいザナルフの感覚に、身体が熱く甘く痺れてしまう。

ザナルフで満たされていることだけで一杯になり、もう何も考えられない。

「ふっ……、んっ……、あぁっ……」

「はっ……、リア……、ああ、俺のフローリア……」

ザナルフの荒い吐息。フローリアの感極まった声。

まるでこの世界に二人しか存在しないかのような悦楽に溺れていく。

「ひっ……、うんっ……」

ザナルフの抽挿がさらに勢いを増した。

硬く勃起した熱棒がとろとろに溶かすように濡れそぼった蜜壁を嬲り、子宮口をグリっと突き上げていく。泡立った蜜を掻き回すように太く長い雄茎に最奥を抉られて、待ちわびた悦びが走りぬけていく。

私にはザナルフしかいない。好き、ザナルフが好き——。

甘い啜り泣きが止まらない。

逞しい雄で突かれるたびに、媚肉がひくひくと戦慄り、蜜壺全体が気持ちよさに包まれ

た。

ザナルフはフローリアの舌をきつく吸い上げ、ときには艶めかしく口内を蹂躙しながら、質量のある太幹でズルっ、ヌルっと深く何度も穿ってくる。

淫らな水音と口づけの吐息が淫猥に交わり合い、心も身体も快楽にふやけてしまう。

荒い息を吐きながらザナルフが硬く膨れた亀頭を押し入れる度に、快楽がさらに濃度を増していく。その感触に堪らなく感じ入って、蜜壁が思いのままザナルフの雄をぎゅっと締めつける。

「ふっ――……っん」

身体の芯から愉悦の波が押しあがり、ザナルフを咥えこみながら達してしまった。

ビクビクと身体が震えている。イきながら雄をさらにヒクつく子宮口に突き回されては、もう正気を保ってはいられなかった。

「あっ……、あふっ……、ひぃん……」

くぅんと仰け反り淫らに喉元を晒して、覗いた小さな舌でさえ、ひくひくと震えながら弛緩する。

ただザナルフに抱き竦められたまま、猛然と追い打ちをかけられる。長さのある熱棒が、甘蜜の溢れる蜜奥に沈んではグチュヌプといやらしい動きを繰り広げた。

自分のものとは思えない淫猥な甘い匂いに頭がクラクラする。弛緩した舌をぎゅっときつく吸い上げられる感触に、身体中が甘く痺れた。

　ザナルフの逞しさに、脳髄も何もかも、すべてが官能に呑み込まれていく。

「――ッ、リア、愛してる……」

　荒い吐息交じりのひときわ低い囁きが零れたとき、子宮口にめり込んだ亀頭がぐぷっと音を立てて、熱い迸りをどくどくと流し込んだ。

　ザナルフの口から声にならない咆哮が漏れる。

「くっ――……っ」

「は……、あん――……っ」

　お腹の奥が灼けついてしまうほど、熱い。どぷっどぷっと注がれる白濁とともに、狂おしい快楽の濁流に飲み込まれていった。

「――リア、もう離さない……」

　魂も溶け合うほどの激しい愛の行為の余韻に、二人はしばしの間酔いしれていた。

＊　　＊　　＊

「このまま朝までフローリアを抱いていたいがそうもいかない。夜が明ける前にここを発たなくては」

　ザナルフが自身をゆっくり引き抜くと、その感触にフローリアは甘く呻いた。もう少しザナルフと繋がっていたかった。彼が離れてしまうのが寂しい。

でも、今だけの辛抱だ。これからは、ずっと二人でいられるのだから。

ザナルフのすべてが抜け出ると、蜜壺からどろりとした白濁の残滓が溢れ、濃い精の匂いが立ち上る。

ああ、この香りが好きだ。懐かしいザナルフの雄の匂いに、心が甘くざわめく。

私はなんと淫らになってしまったのだろう。

甘い痺れが冷めやらぬ中、ザナフルは清潔な布でフローリアと自身の性器を拭き取り、さらに下ばきを履かせてくれた。その優しさに、自分からザナルフの唇に甘く縋る。

やっぱりもう少し、二人で再会の甘い喜びを分かち合いたい。

「ああ、リア……、俺を煽らないでくれ。着替えてすぐに出よう」

「どうやってここを出るの？　それにザナルフはどうやってこの部屋に入ったの？」

ザナルフはにやりと笑った。

「小さな錨のついた縄をここの窓枠に引っ掛けて、上ってきたんだよ。実は何日か前に下見済みなんだ。その時はフローリアのいる部屋がどこか分からずに、鸚鵡のラキを放したらこの窓に飛び込んでいった。すぐに窓からフローリアの姿が見えたから、お前がここにいることが分かった」

――なんてこと。ではラキがこの部屋に入ってきたときに、ザナルフは確かにいたのだ。

「あのとき、外を見たけれど全く分からなかったわ」

「気配を消して隠れていたしね。それにまだ準備も整っていなかった。フランツの見張りがいるかもしれないから声はかけられなかった。でも、変わらない美しいお前の姿は俺の目に焼き付いた。数日様子を見ていたが、どうやらこの離宮の周りにはフランツの兵はいないようだ」

「ええ、フランツは私がこの離宮に来てからというものずっと音沙汰がないの。諦めてくれたのかもしれない……」

「だが、油断はできない。夜が明けないうちに港まで出よう。この下の浅瀬に小舟を係留してある。それで一気に川を下り、港に停泊している商船に乗り込む手筈だ。うまくすれば、夜明けと同時にこの国を出港できるだろう」

――嬉しい。フローリアの胸は期待で一杯になる。

これでずっと、ザナルフと一緒にいることができる。もう、二度と離れることもないのだ……。

ザナルフはフローリアの唇に、もう一度ちゅっとキスを落としたあと、その瞳をじっと見つめた。

「――後悔はしないいな？　きっともう、この国には戻ることはできない」

フローリアはこくりと頷いた。

未練などなにもない。まだザナルフには伝えてはいないけれど、お腹にいる赤ちゃんと、ザナルフとの幸せに満ちた未来への希望があるのみだ。でも、ザナルフに心配はかけたくない。

南の島に無事についたら、お腹の赤ちゃんのことを打ち明けよう……。

「私は、どこまでもザナルフと一緒よ」

その返事を聞いてザナルフがぎゅっとフローリアを抱きしめた。逞しい身体に沁みついた潮の香りに心が熱くなる。

私は、これからの人生をザナルフとともに生きるのだ。

「——よし、行こう」

その時、バタン！　と勢いよく扉が開かれた。

「——ほう、わが妻の不貞の現場を取り押さえることができるとは」

二人の目の前に現れたのは、フランツだった。

数人の兵士らとともに入り口を塞ぐように立ちはだかっている。

フローリアは、蒼白になってザナルフにぎゅっとしがみ付く。

「こんな夜中に下着姿で男に抱きついているとは。また野蛮人に脚を開いたのかい。フローリア、淫売な君を許し離縁せずにいるというのに、ちょっと目を離した隙にまたもや部屋に男を引き込むとは困った妻だ」

フランツは、まるで手を焼く子供にするようにやれやれと肩を竦めた。

「お願い……。私を行かせて。私が愛しているのはザナルフなの」

「そんなことを許すと思っているのか。まったく油断も隙もない。この川の対岸からずっと君の部屋を見張っていた甲斐があった」

驚きのあまり、言葉が出なかった。

——なんということだろう。

見張りの兵士がいないと思ったら、川の対岸から私の部屋を見張っていたとは……。

その執念深さに、肌がぞくりと粟立った。

「フローリア、後ろへ」

ザナルフは自分の背にフローリアを隠すと、ぱっと短剣を抜いた。

フランツの連れている兵士は、少なくとも五人以上いる。彼らを振り切って無事に逃げることができるだろうか。

「フランツ、剣を抜け。この俺と一対一で戦え！」

「その手に乗るか。力だけの蛮族と一騎打ちで剣を交えたところで、勝ち目はない。ひっ捉えろっ！」

「くそっ、卑怯なっ！　——リア、俺がここでくい止めている間、縄を伝って下りられるか？」

フローリアはすぐに頷いた。

こんなところで捕まるわけにはいかない。

数人の兵士がザナルフにいっせいに斬りかかる。だがさすが海の戦で乱闘にも慣れているザナルフの剣さばきは見事だった。フランツの兵士たちに一歩も引けをとらず、相手を蹴り飛ばし、襲い掛かる刃を巧にかわしている。

剣を振り下ろしながらも、ザナルフがフローリアを見て窓の方に目配せをした。

フローリアはこくりと頷き、足手まといにならないよう先に川へ下りようとした。窓から下を覗くと、川面に生える草に紛れて小舟が浮かんでいる。

フローリアが下りやすいよう、縄には足をかける輪が結ばれていた。

きっとザナルフは大丈夫。兵士たちを片づけてすぐに後から来てくれる。

ザナルフはフローリアを守ろうと窓の前に立ちふさがり、向かい来る敵の刃を抑え込んでいる。

「くそっ……！　何をしている！　早く殺れっ」

その言葉にびくっとしてフローリアが振り向くと、フランツの陰から弓兵が見えた。ザナルフに向かって弓を構えて狙いを定めている。

しかしザナルフは、切りかかってくる兵士たちとの応戦で気が付いていない。

「――あぶないっ！」

そう叫んだとき、どすっと鈍い音がしてザナルフの右肩に矢が突き刺さった。その隙を見逃さず、兵士がザナルフを突き飛ばした。

「いやぁぁぁぁ――」

まるで弧を描くように、ザナルフが窓からはるか下、夜の闇に包まれた川に吸い込まれるように落ちて行った。

フローリアはすぐさま窓に飛びついた。

——いや、いや、ザナルフがいない世界など、私にとっては意味がない。

ザナルフの言葉が蘇(よみがえ)る。岬の上で結ばれたとき、もしも私が深い海に堕ちたら、ザナルフも後を追って飛び込むと言ってくれた。命は助からないが、永遠に離れず一緒に眠りにつけるからだ。

今ならわかる。

私も同じ気持ちだ。もうこれ以上、ザナルフと離れるのはいや。

死ぬときもザナルフと一緒だ。彼のそばで私も永遠の眠りにつきたい。

フローリアも後を追おうと窓辺の手摺から身を乗り出した瞬間、ぐいっと腕を掴まれた。

「——おっと、フローリア。僕を裏切ることは許されない。あいつの後を追って死ぬことも。君の命もすべて僕のものだ。可愛いフローリア」

吐き出された声、肩に触れられた手から嫌悪が広がっていく。

「——いやっ、離してっ！　あなたなんかと一緒にいたくない。私もザナルフの後を追うわっ……！」

「それは許すことはできないな」

ふいに唇の上にぬめった生温かいものが這う。

フランツに唇を押し付けられていた。とたんに吐き気が込み上げる。

「ああ、いやらしい男の匂いがプンプンする。あの男に注がれた精を俺が掻き出してやろう。今すぐ君を僕のものにすれば、きっとあの野蛮人を忘れられるだろう？」

窓辺に押し付けられ、シュミーズの裾を捲り上げられた。

ざわり、と全身に鳥肌が立つ。太腿をフランツの手が這い上がってくる。

「いやぁぁぁっ――――！」

「――そこまでだ。フランツ殿、王女から手をお離しください」

ひたりとフランツの首に銀の剣先が押し当てられた。フランツの背後にいるのは、ばば様付きの老騎士、アルフレッドだ。

するとフランツがゆっくりと手をあげて、フローリアから一歩後ろに身を離す。アルフレッドは剣先を押し当てたまま、腰に差していた剣を引き抜き丸腰にした。

「なかなか聞き分けがいいですよ、フランツ王子」

「どういうことだ？　私は不貞を働いた男を殺し、妻を罰しているだけだ」

「それはどうでしょう。――エリザベート様？」

アルフレッドの呼び声で扉から現れたのは、杖をついたフローリアの伯祖母、エリザベートだった。

この離宮のどこにこんなに騎士がいたのかと思うほど、多くの騎士を従えている。フランツの兵士たちは、とうにその身柄を拘束されていた。見覚えのある顔をよく見れば、騎士たちは庭師や給仕、従者をしている者たちだ。

普段は、使用人としてその姿を変えていたようだ。

「私の可愛いフローリアに乱暴することは許さないよ！　お前の父親には、私からフローリアとの離縁状を突き付けておる！　その承諾書も貰っておるわい！」

「――嘘をつけっ！　この老いぼれがっ」

フランツが目を剝いて否定した。

「嘘だと思うなら、国に帰って確かめてみるんだね。私はお前さんの父親に大きな貸しがある。その貸しを返してもらったまで。フローリアとあんたは、もう赤の他人だよ」

エリザベートが承諾書らしきフランツの国の紋章の刻まれた書状をひらひらと振った。

「さて、フランツ殿。そうすると、あなたはフローリア王女と赤の他人であるにもかかわらず、この離宮に押し入って王女をかどわかそうとした狼藉者、ということになりますな。あなたはご存じないかもしれないが、この西の離宮一帯は、港も含めて、エリザベート様の統治する特別区なのですよ。いわば、あなたは同盟国の王子でありながら、エリザベート様の居城で、剣を抜いた反乱軍と変わりない」

アルフレッドの声に殺気が帯びた。

「――くそっ！　お前ら嵌めたな……！」

フランツがぎりっと歯嚙みして、アルフレッドを睨んだ。

「はて、どういうことでしょう」

「まぁいい、あの野蛮人は死んだ！　俺が殺したんだ！　ざまぁみろっ！」

すると、エリザベートが持っていた杖でフランツの脚を思い切り強く打ち付けた。

「口汚い男は呪われてしまえっ！　さっさと連れておいき！　顔も見たくない」

エリザベートが言うと、すぐにフランツの身柄が拘束されどこかに連れて行かれる。

フローリアアは、身体から力が抜けてへなへなと床にへたり込んだ。

「おお、姫様……！」

入れ違いでアウラが駆け寄り、フローリアの冷たく震える身体を温かなガウンで包む。

「ばば様……、私行かなきゃ。ザナルフが川に落ちて……。私、ザナルフと一緒に行かなければ……。後を追わないと……」

涙がとめどなく溢れて頬を伝う。

フランツとはもう赤の他人だと知っても、そんなことはどうでもよかった。

心臓はもはや凍り付いてしまっている。

彼がいない世界など、生きていく価値もない。

——誰か、私をザナルフの元に連れて行って。

この魂を、永遠に彼の側に……。

床には、ザナルフの落とした短剣があった。フローリアは迷うことなくその短剣を拾い自分の胸に刃を向けた。すると、アルフレッドがすぐさま短剣を弾き落とした。

「ひっ、姫さまぁっ——。おやめくださいっ」

アウラが泣きながらフローリアに縋りつく。

「とめないでっ！　お願い、ザナルフの後を追わせて」

するとエリザベートが、フローリアの目の前にすっくと立ちはだかった。

「じゃあ聞くが、フローリア。お前さんは、そのお腹の子を殺すのかい。お前さんのお腹には愛する人の赤ん坊がいるんだろう？」

ばば様が、しゅっと杖を振り、フローリアの腹に向かって突き出した。

「やっ……！」

フローリアは咄嗟にお腹に手を当てて庇う。

「……あ……」

「ほらごらん、お前は今、胎の子を守ったじゃないか。そのお腹には、かけがえのない命が宿っているんだよ。愛する人の」

お腹に手を当てると、凍り付いた心臓が、雪が溶けだすようにとくとくと鼓動を打ち鳴らし始めた気がした。

——私の赤ちゃん……。

あたたかな温もりがじぃんと伝わってくる。

このお腹の中で小さな命が息づいているんだ……。

そう思うと涙が溢れた。フローリアは、顔をくしゃくしゃにして泣いた。

あとからあとから漏れ出る嗚咽を我慢することなく。

——この命を守らなければいけない。

ザナルフの赤ちゃんを道連れにすることはできない……。

「アルフレッド……」

エリザベートがアルフレッドに目配せをすると、泣きじゃくるフローリアを抱き上げて寝台に横たえた。すぐにアウラがあたたかな上かけを掛ける。

「フローリア様、今も兵士たちに川べりを捜索させています。どうか望みをお捨てにならないでください」

アルフレッドはそう言い残すと、兵士たちに指示を与えるべく急いで部屋から退出した。

フローリアは小さく体を丸めて嗚咽を漏らしている。

「私の可愛いフローリア。よくお聞き、きっとザナルフは助かる。あの子の母親が守ってくれるだろう」

「は、母親……？　ザナルフの？」

フローリアは喉を震わせながらエリザベートを見た。エリザベートは、フローリアの手を握って頷いた。

「お前のザナルフは、ラナンクルス王国の正妃の落とし子に違いない。彼女が産み落とした赤ん坊には生まれながらに鳥の羽の痣があったと聞いている。だがあの国は痣をもって生まれた子は忌み子とされる。その赤ん坊が殺されそうになり、正妃だったリリアーナが秘密裏に私に赤子を預かってほしいと手紙をよこしたんだよ。リリアーナは、嵐の夜に赤子とともに小舟を出して対岸からこの離宮に渡ろうとした。だが舟は流され、リリアーナの亡骸だけ見つかったんだ。赤子は行方がしれないままだ」

「そんな……、じゃあ、ザナルフは……」

「ああ、お前のザナルフは、間違いなくラナンクルス王国の第一王子だ。フランツは同時刻に妾妃から生まれている。正当な世継ぎの王子はザナルフだろう」

「ああ……、ザナルフ……」

「きっと母親のリリアーナが守ってくれる。だからお前は希望を捨てずに、強くなるんだよ……」

エリザベートは、なおも肩を震わせるフローリアの背中をずっと撫で続けていた。

第九章　水底に渦巻く疑心

ザナルフは、短剣を揮いながら自分の欲情を抑えられなかったことを後悔していた。すぐにフローリアを連れ出していれば、うまくフランツをかわして逃げおおせたかもしれない。それでもフローリアの甘やかな香りを嗅いだ瞬間、ザナルフの身体はたちまち激しく反応した。滾るような渇望に身体を支配されたのだ。

すぐにもフローリアと愛を交わさなければ、死んでしまいそうだった。

——いや違う、もう一度フローリアを我が物にできるなら、死んでもいいとさえ思った。

だから、後悔などするものか。

「くそっ、きりがないな……」

フランツの兵はなかなかしつこかった。ザナルフは目立たないように、短剣ひとつしか持っていなかったため、なかなかとどめを刺せずにいた。長剣で襲いかかる敵の刃をかわすことだけに費やされている。多勢に無勢、圧倒的に不利な状況だが、それでもザナルフは敵の攻撃をうまくかわしていた。

フローリアが無事に下りて舟に乗り込んだら、自分は川に飛び込んでしまえばいい。

それまでの時間稼ぎさえできれば、うまく逃げおおせる。

ふいに、背後のフローリアが息を呑んだ気がした。

「——あぶないっ！」

叫び声と同時に、右肩の鎖骨の下にぐさりと矢が突き刺さり、焼けるような痛みが襲ってきた。よりによって利き腕だ。

「——くそっ、卑怯なっ」

言葉を発した瞬間、痛みに目が眩み、フランツの兵が突進してきた。

あっと思ったときには、深い水の中に吸い込まれていた。

「——くっ、フローリア……」

水の中でザナルフはもがいた。

海とは違う、ねっとりとした川の流れがザナルフを下流へと押し流していく。

矢はどうやら肺を掠めているようだった。思うように息ができない。

太い血管が切れたのか、夥しい血が流れている気がする。

——ああ、フローリア……。俺の真珠……。

ともすれば気が遠くなりそうになる。このまま死ねばこの痛みからも、息苦しさからも解放される……。

だが、諦めたくはない。フローリアとの人生を。

「くっそ……、死んでたまるか……っ」

右手の感覚がないが、ザナルフは左手で大きく水を掻いた。
何度も沈んでは水面に浮かび上がり、なんとか息を継ぐものの、勢いを増した轟流に呑まれてしまう。

——ザナルフ様、ザナルフ様……。

消えゆきそうな意識の中で、自分を呼ぶ声がした。

——ああ、フローリアなのか？

迎えに来たぞ。一緒に帰ろう……。あの島へ……。

「う……、リア……」

「ザナルフ様……、もう大丈夫です」

誰かが自分の腕に触れた気がした。するとザナルフの意識は昏い川の水底に沈んでいった。

＊　＊　＊

キリエは、フローリアを奪還するために単身で島を出港したザナルフの後をこっそり追いかけていた。キリエの母が昔住んでいた家がちょうどフローリアの国の港町に残されている。母が生きていた頃は、ときおり薬草などの買い出しのついでにその家で過ごすこともあった。

だが流石ザナルフだ。この国に着いてから、港で彼を見失ってしまった。それでもフローリアが西の離宮で静養しているという噂を聞き、離宮近くの空き家に潜んで、ザナルフが現れるのを待っていた。

折りしも今夜はちょうど新月だった。もしザナルフがフローリアを連れ出すとしたら、闇夜を利用するのではないかという勘は当たっていた。夜も更けたころ、空き家を抜け出し川べりで離宮の様子を窺っていると、建物の窓から大柄の男が川に吸い込まれるように落ちて行った。

キリエは息を呑んだ。

――きっとザナルフ様だ。なぜか、そう直感すると、すぐに身体が動いていた。

万が一のために隠しておいた小舟に急いで乗りこみ、船を漕いで流されていくザナルフの後を追った。

何度かその身体が浮いたり沈んだりしているのが見える。

ようやく川の流れが緩やかになった時、ぷかりと浮かんだザナルフの身体に手が届く。

――が、ザナルフの意識はなかった。

絶対に死なせはしない。きっと私が助ける。

「ザナルフ様……、もう大丈夫です」

そう呟くと、ザナルフを渾身の力で船に引き上げた。

ぐったりとしたザナルフは、かろうじて息はしているが呼吸は弱い。

さらには右肩を矢で射られている。矢はとうに折れてしまっているが、矢じりが残されていた。そこからどくりと血が溢れているのを見て、キリエは眉をひそめた。急いで自分の着ていたドレスの裾を切り裂いて応急的な止血を行う。

小舟に乗ったまま下流の港に着くと、近くの宿屋から人を雇ってザナルフを自分の母の家に連れ帰った。

久しぶりの母の家は、管理人がきちんと手入れをしていてくれたようで、すぐに使える状態だった。

幸い、母が残していた治療器具や薬も一式揃っている。

矢傷ならこれまでザナルフの船に同乗し、何人も治療したこともある。

絶対に助ける自信があった。幸い傷は肺を掠めてはいるものの致命傷ではない。

傷口を常備されていたアルコールで洗浄し、清潔なナイフで矢じりを取り出した。ときおりザナルフが苦し気に呻いたが、大丈夫……と声を掛けながら傷口を慎重に縫っていく。

ようやく治療を終えたときには、空が白み始めていた。

たぶん、数日は高熱が出るだろう。それでも、ザナルフを絶対に死なせたりしない。私はフローリアとは違う。ザナルフの命を助けることができるのだ。

その頃ザナルフは混沌とした夢の中にいた。濃い霧に包まれて、自分がどこにいるのか分からなかった。

少し歩くと目の前に、黒い洞窟がぽっかりと大きな口を開けているのが見えた。

洞窟の先には一筋の光が差し込んでいて、とても穏やかな静寂が待ち受けている気がした。

どういうわけか、自分の身体が錨に繋がれて、水底に沈められているように重く感じる。

それに喉がカラカラだった。

洞窟の向こうに耳を澄ますと、水のせせらぎのような音が聞こえてきた。その水音につられて、洞窟に足を踏み入れようとした、その時。

——ザナルフ、行かないで……。

私を置いて行かないで……。

どこまでも透き通ったような呼び声が、背後から聞こえてきた。

振り向くと、その声の主の手がザナルフに伸ばされた。真っ白な肌。まるで真珠のようだ。

誰だろう……。俺を呼び戻すのは誰なんだ？

——ああ、身体が灼けそうなほど熱い。

「う……」

ザナルフが熱さに呻くと、肌の上を冷たい布が滑っていく。胸、腹、太腿、足の付け根……。

――ああ、気持ちがいい。

幾度も体が火に焙られたように熱くなるたび、冷たい布で冷やされた。ようやく熱が収まった時、はっきりとした声が耳に響いた。

「ザナルフ様、もう大丈夫ですよ……」

暗闇を彷徨っていた意識が浮上し、ぱっと瞼を開けた。

目の前に、知らない女の顔がある。

――誰だ？　俺はいったい……？　ここはどこだ？

「ああ、ザナルフ様……よかった。気が付かれたのですね」

女が涙を流していた。

見覚えのない、黒い髪の女だ。

「ここはどこだ……？　俺はいったい？」

「ここは、港町にある私の母の家です。ザナルフ様」

「ザナルフ？　それはいったい誰だ？」

すると女は、息を呑んで驚いた顔をした。

「あなたは……あなたの名前はザナルフです……」

「俺の名前……？　ああ、なんてことだ、思い出せない……」

頭の中が泥を吸ったように重い。それに右肩が灼けつくように熱い。

今は何も考えられなかったし、何一つ思い出せない。

「無理もありません。高熱で数日もの間ずっと魘されていたのです」

「高熱？　なぜだ？　俺は病気だったのか？」

女は動きを止めて、じっと探るような眼差しでザナルフを見つめた。

「――なにも思い出せないのですか？」

思い出そうとすると、頭ががんがんと痛む。どろっとした水の底に引き込まれるような感じがした。

「ああ、なにも……。くそっ、分からない……」

ザナルフは、激しい頭痛に襲われてしばらく頭を抱え込んだ。いくらかましになってから、その女に訊いた。

「それで、君は誰なんだ？　医者か？」

するとなぜか女は一瞬、泣きそうな顔をした。自分の質問の何がいけなかったのだろう？

まるで傷ついたというような顔をした。

「いいえ、医者ではありません。私はキリエ。ザナルフ、あなたの……妻です。あなたが助かってよかった」

そう言うとザナルフの手をぎゅっと握りしめて、微笑んだ。

目を覚ましてからというもの、ザナルフの回復ぶりは奇跡的に早かった。

もちろん、キリエの適切な治療のおかげもあるが、もともと持って生まれた生命力の賜なのだろう。

目が覚めてから、一週間ほどで自分一人で歩けるまでに回復をした。一か月後にはときおり頭痛がするものの、ほぼ支障なく生活を送ることができた。

だが、ザナルフには腑に落ちないことがあった。

右肩の傷だ――。

どう見てもこれは矢で射抜かれた傷だ。だが自分の妻だというキリエは、夜釣りに二人で出かけて、誤って海に落ち、岩で切ったのだという。

なぜ自分が、これが矢傷だとはっきりと分かるのか……。

矢傷だとしたら、なぜキリエは隠すのだろう？　いったい自分に何が起こって、矢傷を負ったのか。

それにおかしいことが他にもある。

この家に自分が生活していた証が何もないのだ。キリエに聞くと、二人は旅行が好きで、一年のほとんどを船であちこちの国に旅をしていたという。ここはキリエの母の家で、旅行に行っていない間はこの家で過ごしていたらしい。それにしても生活感がどの部屋にも全くない。

キリエに強く問い詰めることもできる。とはいえ、献身的に看病をしてくれたキリエを困らせるのも気が引けた。

それにキリエがいなければ、自分はどこの誰とも分からないのだ。

その日の夜。

夕食を二人で静かにとった後、ザナルフはいつものように早めに寝室に戻り、ベッドのなかでひとり物思いに耽った。怪我をしていたせいもあり、寝室は別々だった。

――やはり、何かが違う。

ここは、本当の自分の居場所ではないと分かる。

自分にはやるべきことがあり、それを遂行するためにここに来たような気がする。

誰かが、自分を待っているような気がするのだ。

だがくそっ、何も思い出せない――。

ザナルフは燻ぶる思いをどうすることもできずに、ふぅっと重い溜息を零した時、部屋のドアがぎぃっと開いた。

薄闇に照らされる月明かりの中に現れたのは、シュミーズ姿のキリエだった。

「あの……、前と同じようにそろそろ一緒に寝てもいいかしら……」

キリエが、はにかんだように言った。

「……おいで」

ザナルフは布団の上掛けを捲った。するとキリエが嬉しそうに口元を綻ばせて、ベッドの中に潜り込んできた。

ザナルフの裸の胸の中に収まり、頬を胸板に可愛らしく擦り付けてくる。キリエがザナルフの胸に手を這わせてきて、剝き出しの乳首にそっと唇を寄せた。

「ザナルフ……」

「いい子だ……。もうお休み」

ザナルフは、キリエの背中を宥めるように、ぽんぽんと撫でた。

何かが違う。

こうして妻だというキリエを自分の胸に抱いているというのに、違和感ばかり覚えてしまう。

自分はかつて、キリエではない誰かに愛を捧げていた気がする。もう少しで思い出せそうなのに、薄皮一枚が頭の中にしぶとくへばりついている感じがして、どうしても思い出すことができない。

目を閉じれば、腕の中に大切に閉じ込めた、小さくて華奢な身体が甘えるようにすり寄ってきた記憶が蘇った。

いつまでも撫でていたい柔らかな髪、真珠色の滑らかな肌。食べてしまいたくなるような甘い匂い。彼女の中に身を埋めたときに感じた、とろとろに熱くて蕩けるような感触。まるで天国にも昇る気持ち。

キリエではない、誰か……。誰とも分からない女性の柔らかで艶めかしい存在を感じ、ザナルフの雄がビクリと反応した。たちまち下履きの中で、その形を太く硬く変える。

するとキリエが気付いたようだ。頬がうっすらと赤く染まる。

キリエの手が伸びて逞しさを秘めた腹を滑り下り、ザナルフの雄に触れようとした。だがザナルフは、その手をぎゅっと掴んだ。

「キリエ……。いい子だ。悪戯はいけないよ。もう少し俺に休息をくれ……」

キリエは一瞬驚いた顔をしたものの、こくりと頷くと、ザナルフにすり寄ってその瞳を閉じた。

——ああ、くそっ。なんてことだ。

自分は確かに妻以外の女性を思い描いている。愛人でもいたのだろうか。

いや違う。愛人と聞いただけでも虫唾が走る。

考えようとすると、頭の奥に靄が立ち込めてきて、ひどく疼いて仕方がない。

キリエに目をやると、自分の胸に添えられた手に、真珠の指輪が嵌められていた。大粒の美しい真珠だった。

たぶんそれは、自分があげたものだろう。どこか見覚えがある気がした。

ザナルフは、どういうわけかその真珠に無性に触れたくなった。

キリエの手をそっと取り、薬指に嵌めこまれていた真珠を親指でそっとなぞる。

「美しい真珠だな。俺があげたものか？」

そう問うとキリエがこっくりと頷いた。

「結婚指輪にくださいました」

するとザナルフは、何を思ったのかキリエの手を握り、その真珠に口づけをした。

「可愛い……。愛している、俺の真珠……」

その時、ザナルフに衝撃が走った。なぜか無意識に口をついて出た言葉。

その瞬間、はっきりと感じたのだ。

自分は、キリエじゃない違う女性にこの真珠をあげたはずだ。今と同じようにその女性にこの真珠の指輪を嵌め、愛の言葉を囁いた。

それは確信だった。

「あなた、嬉しい……。私も愛しています……」

キリエは幸せそうな顔をして、ザナルフにすり寄りその瞳を閉じた。

不気味な冷や汗が背中を伝った。

この一ヶ月もの間、怪我をした自分を献身的に治療し、看病してくれた妻。

自分の腕の中で、今は幸せそうに眠っている。

ザナルフが、唯一知っている女性でもあり、その実、彼女の正体が分からない。

どくんと心臓が不気味に鳴り響く。

俺は確かに騙されている。俺の妻だと称し、この腕の中で眠る女性に。

この女は、いったい誰なんだ——？

その夜、ザナルフは腕の中に見知らぬ女を抱き、一睡もできないまま朝を迎えた。

＊　＊　＊

「ああ、姫さ……、いえ、リア様、いよいよですわね！」

召使いのアウラの声が期待に弾んでいる。窓の外からは、港を行き交う人々の賑やかな声が聞こえてきそうなほどだ。

今フローリアたちがいるのは、船の出航を待つ人々が待合所がわりに使っている宿屋、青鷺（あおさぎ）亭の食堂だ。

食堂の中は、朝の新聞を手にしながら人々が騒めいていた。

実は今日のこの日、ファルネーゼ王国第三王女だったフローリアの逝去が国中に宣布された。ちょうど、フローリアたちがいる青鷺亭でも、その噂でもちきりだった。

――悲運の王女。

誰もがそう呟いていた。

だが、その当の本人、フローリアがここにこうしてピンピンしているとは、まさか誰も夢にも思わないだろう。

自分の死が公（おおやけ）に告げられたことで、フローリアは心の中を風が吹き抜けていくような清々しい気持ちになった。

それもこれも、今は西の離宮に隠居しているフローリアの伯祖母、ばば様のおかげだった。

ばば様がフランツとの離縁を正式に手続し、フランツの父王からもその承諾書を得ることができた。これも彼女が女王として君臨していたときに、フランツの父王へ貸しを作っていたおかげで、なかば脅しも同然だったという。

ばば様は、近隣諸国の王家の黒い秘密をいくつか握っているというから驚きだ。

わが国ではとっくに隠居をしている忘れられた前女王であるが、近隣諸国の王たちにとっては、密かに恐れられている存在なのだと、老騎士アルフレッドが教えてくれた。

しかも、物忘れの病についていても、近隣諸国を欺くためにあえてそう振る舞っているのだという。

——まったく、なんという人だろう。フローリアでさえもまんまと騙された。

それでも、フローリアに固執しているフランツは諦めなかった。フローリアの見舞いと称し、西の離宮への訪問依頼が絶えなかったのだ。その度にばば様が冷たく拒絶していたが、今度は復縁したいという願いが、公式に国を通じてフローリアの父王に打診があった。

そのため、ばば様とアルフレッドが出した答えがこれだった。

フローリアを亡き者にする。

信じるか信じないかは別として、フローリアを死んだことにすれば、二度とフランツは復縁を公式に打診することはできない。

いくらフランツでも、死んだとされる王女への面会もできなくなるのだ。

さらにフローリアが実は生きているという真実は、ばば様とアルフレッド、そして父王しか知る者はいない。

兄や姉たちにもフローリアは死んだと伝えられている。

たとえ今は確執があろうと、一緒に育った兄姉に死んだと思われるのは一抹の寂しさもある。それでもフローリアは後悔はしていない。

なぜなら、この腕の中にある小さな命を守ることが、唯一の自分の使命だからだ。亡くなったザナルフの代わりに自分がこの子を守ってやらなくては……。

「まぁ、カナル様は、すやすやと良くお休みですねぇ」

「ええ、そうね……」

アウラがフローリアの腕の中で眠る赤子を見つめながら満面の笑みを浮かべると、フローリアもつられて微笑んだ。この子を産んだのは、ちょうど四か月ほど前の事だった。西の離宮でばば様に見守られながら、無事にザナルフの赤ちゃんを出産することができたのだ。

夜の海のような黒髪に、空に溶け込むような碧色の瞳。

まるでザナルフに生き写しの赤ちゃんだった。

フローリアは込み上げる想いを胸の内に秘めながら、カナルを愛おしそうに見つめた
忘れられない衝撃の夜から、今日でちょうど一年が過ぎた。

あの夜、フローリアは迎えに来たザナルフとの第二の人生を歩むべく、離宮を抜け出そうとした。ザナルフとともにマグメル島に戻り、二人には幸せな未来が待ち受けている筈

だった。

――だが。

離宮にあるフローリアの部屋は狡猾なフランツに監視されていた。あと一歩のところでフランツや兵士たちに見つかり、ザナルフは川に落ちて命を落としてしまった。

それでもアルフレッドが西の離宮から河口に近い港に至るまで、流れる川をくまなく探したが、結局ザナルフは見つからなかった。

きっと海に流されてしまったのだろう。

ばば様もアルフレッドも、アウラも口には出さないが、矢傷を受けて川に流されてしまっては、もうザナルフの生存は望めない、そう思っている。

フローリアの命の灯もそこでぷっつりと消えてなくなってしまいそうになった。

けれども、このお腹に息づいていた小さな命、かけがえのないザナルフの赤ちゃんのおかげで、こうして生きることができている。

「カナル、いい子ね。今からお父様が愛した島に行くのよ……」

赤子にカナルという名前を付けたのは、ザナルフだ。マグメル島の岬で二人が結ばれた後、フローリアはザナルフに訊いたのだ。もしも赤ちゃんを授かったら、なんという名前がいいかと。

――そうだな、カナルはどうだ？

近隣の島々で崇められている神の名前だと、そうザナルフは言った。

今もありありと彼の声を感じることができる。おおらかで耳に心地よい、優しい声の響き。

フローリアは、カナルの寝顔に愛しい人の面影を重ねた。マグメル島で愛し合った記憶が思い起こされる。

――可愛い。俺の真珠……。

そう何度も呟きながら、熱い口づけが下りてきた。幾たびも互いを求め合い、愛を確め合った夜。

その思い出を拠り所にして、これからはザナルフの故郷でカナルと二人、生きていくのだ……。

「ああ、いたいた！　鸚鵡の姫さ……っと、リア様。出発の準備はいいですかい？」

港にある青鷺亭のドアを勢いよく開け、食堂にいるフローリアとアウラに声をかけてきたのは、ザナルフの腹心の部下である大男のラルゴだった。

「ええ、迎えに来てくれてありがとう、ラルゴ」

「なぁに、お安い御用で……。っと、この子がザナルフの赤ん坊ですかい？」

ラルゴがフローリアの抱いている赤ん坊を覗き込むと、カナルが目をぱちりと開けて、だぁ――と声をあげた。

「なんと！　これはザナルフに瓜二つ……。ああ、神よ……」

フローリアは抱いていたカナルを渡すと、ラルゴは大事そうに小さな赤ん坊を抱き上げた。

「ああ、奇跡だ……。奇跡を目の当たりにしている。頭が生きていたら、どんなに喜んだことか……。リア様、俺はこの子をザナルフだと思って、一生お守りします」

ラルゴは、ザナルフの赤ん坊を抱きながら涙していた。

――そう。フローリアはまさに今日、かの島へと旅立ち、王女という身分を捨てて生きていくのだ。

赤ちゃんが無事に生まれると、フローリアはザナルフの故郷であるマグメル島に戻って子供を育てたいと、ばば様に相談を持ちかけた。

ばば様と老騎士アルフレッド、そしてフローリアで何度も話し合った結果、フランツに嗅ぎつけられないためにも、フローリアはこの国にいない方が安全だという話になった。

アルフレッドが秘密裏にマグメル島のラルゴに連絡を取り、今日に至ったのだ。

「ありがとう、ラルゴ。島の様子はどう？」

「へい、あのくそ王子が島民の家を焼き討ちした後、ザナルフがなんとか新しく島民の家を再建する資金や手筈を整えてくれたおかげで、やっと元通りの島になったんすよ。お二人の部屋もそのまま残しておりますし、島民も姫さんとザナルフの赤ん坊が帰ってくるのをいまかいまかと、楽しみに待ってますよ」

ラルゴは目じりに涙を浮かべながら豪快に笑った。

「あの……、キリエはどうしているの？」

実を言うと、彼女のことはずっと気になっていた。

フランツに小舟に乗せられ島を離れた夜、ザナルフの寝室に佇んでいたキリエの姿がずっと目に焼き付いていた。

「キリエは突然、いなくなったんでさぁ。ちょうどザナルフが、姫さ……と、リア様を迎えに行った後かな？　気が付いたら島からいなくなっていたんすよ。まぁ、キリエはもともと、島の人間じゃなく、この国の出身ですからね」

「——えっ？　それは本当？」

「へぇ、キリエの死んだおっかさんが、なんでもこの国で医者をしていたようですよ」

それは初耳だった。

なぜか、胸騒ぎがする。

キリエがこの国の出身？　もしかしたら、今もこの国にいるかもしれない。

無性にそれを確かめたくなった。キリエと話がしたい。今彼女がどこにどうしているのか知りたくなる。

「さぁ、坊やは俺が抱っこしてますんで、さっさと船に乗り込みやしょう。ここからひとまず商船に乗って、近くの島に係留しているザナルフの船で島に帰りやす」

「——リア様？　大丈夫ですか？」

ぼうっとしているフローリアにアウラが声をかけた。フローリアはハッとして目をぱちぱちと瞬いた。

ばかね。いまさら、キリエに会ってどうするの？

キリエには、キリエの人生がある。ただそれだけ。

もともとこの国の出身なら、いつ故国に戻っても不思議ではないだろう。

「ええ、ごめんなさい。何でもないの。さぁ、出発しましょうか」

今は、カナルのことを最優先に考えよう。

マグメル島で、ザナルフが残してくれた命を大切に育てよう……。

フローリアは、気持ちを切り替えて青鷺亭の扉を開けた。

いよいよこの国とお別れして旅立つのだ。

きっと大丈夫。私は何とかやっていける。

――ザナルフはいつも私の心の中にいるのだから。

第十章　あるべき場所へ

「じゃあ、行ってくるよ」

「あら、ちょっとまって」

家を出ようとするザナルフにキリエが駆け寄ってきて背伸びをすると、その唇にちゅっとキスをした。

二人の間にいまだ身体の関係はないが、キリエはこの朝の口づけだけは欠かさない。

自分が怪我をして目覚めてから、記憶も取り戻せないまままちょうど一年が過ぎた。ザナルフは、もう以前の自分は諦めてキリエを本当の意味での妻とし、新しい生活を歩んでもいいのではないかという気持ちになっていた。

だが――。

いざ夜、傍らで眠るキリエを抱こうとすると、どうしてもその一歩が踏み出せなかった。

それは、キリエが肌身離さず着けているあの真珠の指輪のせいだ。

あの真珠の輝きが、何か意思を持ったようにザナルフの心に訴えかけてきているのだ。

――私はここよ。

その真珠がザナルフに伝えている気がした。

何度かキリエからも夜の誘いをそれとなく受けたものの、どうしてもだめだった。

俺が本当に、あの真珠を渡した誰か――、その女性を傷つけたくないという気持ちの方が勝っていた。

そんな女性が本当にいるかどうかも分からないのに……。

「今朝は早いのね？」

キリエが頬を染めながら嬉しそうにザナルフを見た。気持ちの籠らないキスを返したザナルフは、気まずそうにキリエから視線を外した。

「ああ、昨日、この港に着いた商船からいくつか買い付けをしようと思ってね」

「――そうなの。いい品があるといいわね。行ってらっしゃい」

キリエに笑顔で見送られ、ザナルフは港に面したところにある、小ぢんまりとした自分の店に向かって歩いて行った。今は、小さな輸入代行の商いをしている。

キリエに助けられてから、本当の自分が何を生業としていたのかさえ分からない。キリエに聞くと、二人が一生仕事をしないでも食べて行けるだけの蓄えはあるという。

だから夫婦でのんびりと船に乗ってあちこちを旅していたというのだ。

――果たして本当にそうだろうか。

自分の性格からして、何もせずにのんびりと旅をしていた、などということがあるのだろうか。

どちらかというと、軍人の方が性（しょう）にあっている気がした。

街中でときおり見かける兵士や騎士を見ると、無性に気持ちが駆り立てられる。

なぜか、剣を揮（ふる）いたくなるのだ。

ためしに一振りの剣を買ってみた。

誰もいない空き地で、剣を構えるとなぜかしっくりと手に馴染む。

相手の動きを想像し、剣を自由自在に操ることができる。しかも利き腕だけじゃない。

ぱっと剣を左手に持ち替えて、利き腕と同じように剣を揮うことができた。

やはり、とザナルフは確信した。俺は軍人だったのかもしれない――。だとすれば矢傷があっても不思議ではない。

なぜキリエが隠しているのかは分からないが、のんびりと客船で旅をするより、危険な航海の方に興味をそそられる。

さらにザナルフは自分についてあることが分かった。

詳細な潮流が書き込まれた海図が読めるのだ。

ある日のこと、取引をしている商人が海図を出しながら、この航路を通って品物を売りに行くから運賃がこれだけかさむと説明した時、ザナルフもその海図を読み取ることができた。あまつさえ、この海域は荒れやすいとか、海流が逆に流れているから違うルートを通った方が安全だと提案すると、その商人は驚いた顔をしていた。

他にもたくさんある。夜空に浮かぶ星が読める。羅針盤を読んで船を操ることもできる。

もしかしたら、自分は船乗りだったのではないか……。

それに港に係留されている帆船を見るたびに、懐かしさのような思いが胸に広がるのだ。

――それなのになぜ、キリエは嘘をついている？

どうして俺の本当の姿を伏せているのか、それが分からない……。

ザナルフは店に向かう途中、いつもそうしているように、宿屋の主人と世間話をするために、青鷺亭の扉を開けようとした。宿屋の主人と話をするのは、なにか自分に関する情報がないか探るためだ。

だがそこで思いとどまった。今朝はもうすぐ出港する商船がある。急いで輸入品のリストを作っておかなければ間に合わない。

宿屋の主人と話すのは、その後でもいいだろう。

ザナルフは扉から手を離すと、まっすぐに店に向かって歩きだした。

「――リア様！　お帽子をお忘れですわ！」

少し歩いたところで、背後から女性の声がした。ザナルフがふと振り返ると、薔薇と黄金を交ぜたような色の髪を結い上げた美しい女性がいた。

傍らには、荷物を両手に抱えた召使いらしき女性がいて、大男が赤ん坊を抱っこしている。

あの女性の夫だろうか。そう思った途端、不思議と忌々しい感情が溢れてきた。

あんな大男があの美しい女性の夫なのか？　まったく彼女に似つかわしくない男だ。

「あら、ありがとう。さ、行きましょ」

ガラスの鈴(ベル)を振ったような、透明感のある声が響いてきた。胸の奥を揺さぶるような声だった。

なぜか、とっくに治ったはずの矢傷が、何かを思い出させるようにずきりと痛み、みぞおちが疼くような感覚が込み上げた。

彼女の涼やかな声をもっと聞いてみたい。

心の奥に眠っていた感情が目覚めるような感覚が沸き上がってきた。

——可愛い、俺の真珠……。

突如として、毎夜のように悩まされるあの言葉が頭の中に響き、身体が熱くなった。

あの女性をもっと側で見てみたい。どういうわけか、突き動かされるような衝動に駆られて後戻りしようとした時、すぐそばでキリエの声がした。

「——あなた、お弁当を忘れたわ。それに新聞も」

「キリエ——」

急いで追いかけてきてくれたのだろう。息を切らして、頬が紅潮している。

「ああ、すまない。ありがとう……」

愛おしそうに自分を見つめるキリエの顔を見て、ザナルフの心に罪悪感が広がった。

彼女は、もしかしたら瀕死の重傷を負っていた見ず知らずの自分を偶然見つけて、夫ということにして助けてくれたのかもしれない。賢いキリエのことだ。矢傷を黙っているのも、きっと誰かに命を狙われていると思い、自分を思って心配してくれたせいなのだろう。

なのに通りすがりの女性の声をもっと聞きたいだなんて、俺はなんて残酷な男なんだ。

自分の命を助けてくれたキリエのためにも、過去の自分を捨ててもいいのではないか？

キリエの献身に報いるべきではないのか？

「――ザナルフ？」

キリエが不思議そうにザナルフを見つめ返した。

「キリエ……、俺は今夜、お前を……」

抱いてもいいか？　そう言おうとして口籠った。その言葉がどうしても喉に引っかかって出てこない。

「キリエ、俺は――」

ちょうどその時、ザナルフの葛藤を打ち消すように、大きなどよめきと叫び声が響き渡った。

「女が海に落ちたぞ――っ‼」

はっとしてザナルフが振り向くと、波止場に人だかりができていた。

近くの商船には舷梯（タラップ）が掛けられ、その上にさっき宿屋の前で見た大男が赤ん坊を抱っこしながら、あんぐりと口を開けて突っ立っている。すぐそばには、真下の海を覗き込んで真っ青な顔をした召使いがいた。

客船ではなく商船のため、手摺の付いた舷梯ではなかったのが災いしたのだろう。

──あの女性が落ちたに違いない！

くそ、ぼうっと木偶の棒のように突っ立っているとは、なんて役立たずの夫なんだ！

ザナルフは全速力で駆け出すと、躊躇せずに波止場から海に飛び込んだ。

＊　　＊　　＊

「さぁ、姫さん、気を付けてくだせぇ。商船なもんで、舷梯が板張りで狭いっすから」

いよいよ船に乗り込むとき、ラルゴが振り返って心配そうに声をかけた。

「ありがとう。でも大丈夫よ」

フローリアはにこやかに答えた。

ラルゴはフローリアの赤ん坊を抱いて、先頭に立って船の甲板へと進んでいった。後ろには、手荷物や鳥籠を持ったアウラがいる。アウラはラキを鳥籠に入れて持ち運んでいた。港で騒がないよう、黒い布で鳥籠を覆っている。

──いよいよ出航だ。

これから乗り込もうとしている船は、外海を航海する商船のせいか、大きな帆布がいくつも掲げられている。

その姿をフローリアは懐かしく思って見上げていた。

すると帆柱の上に一羽の鳥が止まっているのが目に映った。

太陽の光に反射してよく見えないが、黒い大きなその鳥に、なぜかじっと見つめられている気がした。

「姫さん、どこを見てるんですかい？　足元に気を付けてくだせぇ。ぼうっとしてこっから落ちても、俺は赤ん坊を抱っこしているから助けられねぇですし」

振り向いたラルゴが冗談めかしてがははと笑った。

フローリアは、ぽっと頬を染めた。

自分が鸚鵡のラキに気をとられて遭難し、危うく大渦に巻き込まれそうになったのを思い出したのだ。

あの時、ザナルフは自分の身の危険も顧みず、海に飛び込んで助けてくれた。でも、私の大失態で島民には鸚鵡の姫、とあだ名をつけられ、ザナルフには命の縮む思いをさせた。

――今となっては、懐かしい思い出だ。

「だ、だいじょうぶよ。ぼうっとなんてしてません」

フローリアは頬を膨らませて否定すると、ラルゴに続いて乗船口にむかって歩き出した。

この舷梯には手摺がないから、突風でも吹いてバランスを崩せば海の中に落ちてしまうかもしれない。

そう考えながら慎重に歩を進めていると、帆柱に留まっていた大きな影がふわりと浮き、フローリアに向かって音もなく突進してきた。

悠然と飛行する青鷺が、いきなりフローリアに狙いを定めたように、バサバサっと大きな羽を広げ、目の前を掠め飛んだ。

「――ひゃっ」

すんでで青鷺を避けたものの、ぐらりと身体が揺れた。手摺に摑まろうとして、手摺がないことに気がついた時には、もう遅かった。あっと思った瞬間、ドボーンと派手な水飛沫があがって、自らの身体が背中から真っ逆さまに海の中に落ちていた。

＊　＊　＊

ザナルフは上着をぱっと脱ぎ捨てて海に飛び込むと、溺れている女性に向かって大きく水を切って泳ぎだした。

瞬間、自分の身体に活力のようなものが沸き上がった。枯渇した干潟に潮が一杯に満ちてくる感じだ。

自分が果たして泳げるかどうかも分からないのに、何の躊躇もせずに海に飛び込んだのだ。だが、ザナルフの心に巣くっていた見えない不安が消え、逆に清々しさが身体中に広がった。

この水を切る感触が堪らない。

――これこそが、俺だ。

まるで水を得た魚のようだ。身体が泳ぎを、水の中の感覚を覚えている。

すると脳裏に南の島の情景が浮かんできた。

大海原に浮かぶ神秘の島、ああ……！　俺の故郷、マグメル島だ――。

「……っぷ、た、たすけっ……」

前方にいる女性が、パニックになっている。

「待ってろ！　今すぐ助けてやる……！」

叫んだと同時に、ふいに既視感が浮かぶ。そう遠くない昔、これと同じような出来事が確かにあった。

マグメル島を取り囲んでいる渦巻く潮に呑まれそうになった女性。

その女性を救うために船から海に飛び込んだのだ。彼女は俺にとって、かけがえのない唯一の女性だ。

ザナルフの脳裏にすべての記憶が波のように押し寄せてきた。

ああ……！　なんということだ！

なんで俺は命より大切な最愛の人を忘れていたのか――!!

「――リアっ！　フローリアっ！」

渾身の力を込めて叫んだ。

ああ、俺の命。俺の最愛の人。俺の真珠――。

眼前のフローリアは溺れかけていた。ドレスを着ているため、水を吸ってうまく浮かび上がれず、しかもパニックになって、手足をやみくもにバタバタと動かしている。

ザナルフは沈みかけたフローリアの腰を掴んで力強く引き上げた。ぎゅうっと密着するほど、その身体を抱きしめる。

ああ、フローリア……。やっと会えた。

俺の大切な真珠……。

「……っぷ、わたし……、泳げないのっ……」

「……知ってる」

すると、我に返ったフローリアが驚きに目を見開いた。

「フローリア、もう大丈夫だ。どんなことがあっても必ずお前を助けると誓った」

「――ザナ、ルフ……?」

腕の中のフローリアの声が、信じられないものを見たかのように震えている。

「ああ、そうだ。俺だ、お前の夫だ――。フローリア」

ぶわりとフローリアの瞳から涙が溢れだした。ザナルフにしがみついたまま、泣きじゃくる。

まるで心の防波堤が崩れてしまったかのように。

「……くっ、ふ、ザナ……、ルフっ、ザナルフっ」

「――いい子だ。リア……、会いたかった……」

ザナルフは、フローリアをしっかり抱きしめたまま唇を重ね合わせた。

空っぽだった心に喜びが満ちていく。

離れ離れになった魂がめぐり逢えたような感覚。

その唇はしっくりとザナルフに馴染む。やわらかな唇は、ユウナの花びらのようだ。

紡がれるのは、どこまでも甘い吐息。溢れかえるのは甘い蕩けるような蜜——。

ザナルフは、あまりの愛しさに眩暈がするほどだった。心が、全身がフローリアを激しく求めている。

帆船で出会ってからずっと俺を捉えて離さない、たった一人の愛しい女性。

口づけを深くすると、泣きじゃくっていたフローリアがだんだんと落ち着いてきた。

すん、すんと、ときおり鼻を啜り上げながら、甘えた声を漏らす。ザナルフは口づけでたっぷりとフローリアを甘やかした。

ここが港の海の中だということも忘れて、二人だけの甘い再会の喜びに浸っていた。

「お——い、大丈夫かぁ……」

「ヒュ——、お熱いな——っ」

波止場や甲板から覗き込んでいた人々から声が上がった。

ザナルフはようやく口づけを解くと、フローリアの頬に片手を当てて、そっと包んだ。

「——ど……して？　なぜっ？　今までどこにっ……」

フローリアから、言葉にならない嗚咽が漏れた。

「……すまない。全ては俺の責任だ。全部説明するから、ひとまず海から上がろうか？」

ザナルフはフローリアを抱いたまま、波止場に向かって泳ぐ。そこにはすでに人だかりができていて、集まった男たちが岸壁にフローリアを引き上げると、ザナルフも後に続いた。

「――リアさまぁ……」

アウラがフローリアに駆け寄って、泣きじゃくった。

赤ん坊を抱いたラルゴが、まるで幽霊でも見たかのような顔で、ザナルフを見つめている。

「ラルゴ、だいぶ待たせたな」

ぽんと肩を叩くと、片手に赤ん坊を抱いたまま大声で泣き始めた。

「かっ、かしらぁ――……」

ザナルフが苦笑しながら人込みに目をやった時、キリエが死人のような顔をして立っていた。

ザナルフは、キリエにまっすぐに近づいていった。

「――キリエ……」

「思い出したのですね。全てを……」

ザナルフは頷いた。

「キリエ、礼を言いたい。あの時、川に落ちて瀕死の自分を救ってくれたのはお前だ。お前がいなければ俺は死んでいた」

気丈なキリエから、一筋の涙がぽろりと零れ落ちた。

「ああ、キリエ。泣かないで聞いてほしい。俺はずっと自分が自分じゃないような気がしていた。俺の本当の居場所がどこかにある気がしていたんだ。お前の気持ちに応えられなくて、すまない……。助けてくれたことには、感謝してもしきれない」

するとキリエは、指で涙をぬぐうと静かに首を横に振った。

「私はあなたを助けたんじゃない。結果的にあなたを殺していたんですね。海の魚は、水槽では長く生きられません。きっとこのままの生活をしていたらあなたという人は死んでしまったことでしょう……」

キリエは、ぱっと向きを変えると、フローリアに近づいた。

アウラがぎゅっとフローリアを守るようにしがみ付く。

「フローリア、ずっとあなたが妬ましかった。あなたさえ現れなければ、私はザナルフと一緒になれると思っていたのよ。彼が瀕死の重傷を負って記憶がないと分かった時、ザナルフに訊かれたの。お前は誰だ、って。その時思ったの。記憶がなくなれば、私はザナルフにとってなんの価値もない女なのだと。でも、妻という絆があれば、ずっと一緒に生きていけると思った。ザナルフにとって、一緒に生きる価値のある女になれると思っていた。でも……」

キリエは、すっと薬指から真珠の指輪を抜いた。

「本当に価値あるものは、ずっと彼の心の中にあった。私なんか太刀打ちできないほどに……。妻だというのに、ザナルフは心を許してくれずに、ずっと苦しかった。でも、これでもう楽になれる」

キリエは真珠の指輪を、フローリアの手に握らせた。

「この指輪は……」

「ごめんなさい、フローリア。フランツ王子に情報を漏らしたのは私。あなたに辛い思いをさせたわ……」

するとフローリアは、キリエの頬をパシンッ！　と平手打ちした。

驚いた顔でキリエがフローリアを見る。

「これは、嘘をついていた分。そして……」

今度は、キリエをぎゅっと抱きしめた。

「キリエ、ザナルフを助けてくれてありがとう……。私にはできなかった。あなたにしかできなかった。あなたはザナルフにとって、とても価値のある、かけがえのない人よ……」

フローリアのその声や、キリエを抱きしめる身体は小刻みに震えていた。

「な、なによ……。私は今でもあなたさえいなければって思ってるわ」

キリエはフローリアの抱擁を解くと、ラルゴが抱いている赤ん坊を見て小さな笑みを零した。

「可愛い赤ちゃん。今更だけど、幸せになってね」

「――キリエ」

ザナルフは何と言葉をかけていいかわからずに、その名を呼んだ。この一年のキリエの献身に、どう報いればいいのか分からなかった。

「ザナルフ様、恩に着る必要はありません。私があなたのいない隙に、フランツ王子に情報を提供したのですから……」

「お前が？」

「はい、すべては私のせいです。ですから、あなたの命を助けたのはせめてもの罪滅ぼしだということにしてください。裏切り者は島には住めません。もう、二度と会うことはないでしょう」

そう言い残して、キリエは港の人ごみの中にかき消えて行った。ザナルフの方を振り向きもせずに。

「ザナルフ様……」

フローリアがザナルフの腕にそっと触れると、ザナルフはその手をぎゅっと握り返した。

俺には守るべきものがある。

「――リア、俺を許してくれ。全ては俺の責任だ。どんなにか辛かっただろう？」

華奢な身体を引き寄せ、腕の中に抱きしめると額にそっと口づけた。

フローリアは涙を溜めながら顔を横に振る。

その瞳には、悲しみやキリエに対する怒りなどは微塵（みじん）もなく、愛が溢れていた。

「私、ザナルフ様の赤ちゃんを授かったの……。だからずっとここまで生きてこられた」

ラルゴが黙って赤ん坊を差し出した。

ザナルフは、おそるおそる赤ん坊を受け取った。

自分と同じ漆黒の髪、ぱっちりと見開いた目は、海のように輝いている。

「だぁ――、んっぱっ……」

俺の子……。俺とフローリアの。

あまりの感動で胸が一杯になり、言葉が出なかった。

フローリアが新しい命を守ってくれたのだ。

「――リア、ありがとう。俺の子を産んでくれて……。かけがえのない命を守ってくれて……」

赤ん坊とフローリアを引き寄せると、自分の腕の中に深く、深く抱きしめた。

もう二度と離さない。俺の大事な宝……。

「さぁ、頭っ、出発しやしょうぜ！　近くの島に頭の船を係留してありやす！」

ラルゴが自分の有能さをひけらかすように自慢げに言った。

「そうだな、行こう！　俺たちの島に……。マグメル島に……!!」

オオ――！　っとラルゴが雄叫びを上げた。周りにいた人々が何事かと振り向いた。

ザナルフとフローリアは、目を合わせてくすりと幸せの笑みを漏らした。

「赤ちゃんを私に……」

「ん……」

赤ん坊を大事そうにフローリアに手渡すと、ザナルフは着ていたシャツが引き裂けるのも構わずにビリっと音を立てて脱ぎ捨てた。

日に焼けた褐色の肌、逞しい筋肉質の海の男の体軀が現れた。

その背中には、羽のような青い文様が広がっている。その姿は、まるでこれから大海原を渡っていく青鷺のようだった。

「きゃぁっ！」

ひょいっと赤ん坊を抱いたフローリアの脚を掬うように抱き上げる。

「また落ちたら困る。そそっかしい鸚鵡の姫――」

するとアウラが手にしていた鳥籠の中から、ギャーという鳴き声がした。

ラルゴとアウラも、皆でいっせいに泣き笑いを浮かべた。

「さぁ、行こう！」

ザナルフは、フローリアを抱く腕に力を籠めると、幸せの階段を上るように、大海原へと続く舷梯を昇って行った。

第十一章　幸せの蜜夜に潜む狂気

フローリアたちの一行は、出港してから四日後の午後には、商船から無事にザナルフの帆船に乗り換えていた。乗組員たちは、死んだものと思っていたザナルフが生きていて、あまつさえ、フローリアや息子とともに戻ってきたことに狂喜乱舞した。

その夜、乗組員らとともに食堂で祝いの宴が開かれていたため、フローリアは船尾にあるザナルフの私室で一足早く休むことにした。

ゆったりと広いベッドに寝られるのはありがたい。商船は客船とは造りが違うため、女性の部屋は雑魚寝も同然だったのだ。

もちろん、再会できたザナルフとも別々の部屋だった。だから今宵、一年ぶりに同じベッドで眠るのかと思うとどきどきする……。

しかもアウラが意味深に、今夜はカナルを預かるから、ゆっくりお休みくださいませと言いおいて、さっさとカナルを連れてこの部屋を出て行った。

——もう。気を回しすぎよ。

フローリアは部屋に備え付けの浴室で簡単に湯あみを終えた後、アウラが用意した夜着を手に取って、さらにその気配りに顔を真っ赤にする。

——透けてる……。

部屋のランプに照らしてみると、さらに向こう側が透けて見えるのだ。

でも、他に着るものがない。

フローリアは恥ずかしさを忍んで、その夜着に袖をとおしてみた。

——っ……、さすがにこの姿は見せられない。

裾は太腿ぎりぎりぐらいまでしかない。後ろを見ると、お尻が少しはみ出てしまっている気がする。

さらに、胸はほんのり色づいた乳首までもが透けて見えている……。

「——だめっ、だめっ、こんなの着られるはずがない……」

でも、脱ぐのはもっといやだ。

マグメル島では、一晩に何度もお互いに生まれたままの姿で愛し合った。それどころか同時にお互いの性器を愛撫しあう……という破廉恥なことまでやってのけたのだ。

でも、それもまるで遠い昔の記憶になりかけている。

それにずっとフローリアの心に巣くっているどす黒い感情、嫉妬——が消えないままだ。

ザナルフは、キリエを妻としていたとき、彼女を抱いたのだろうか……。

そのことを思うと、きゅっと胸が痛む。

もちろん、記憶喪失だったのだ。だから、責めるつもりはない。

キリエに妻だと偽られていたとはいえ、一緒に生活していたのだから、当然夫婦としての夜の生活はあったはず……。

だって、一年も一緒に生活していたのよ。

私がザナルフと一緒に生活していた月日よりもずっと長い……。

そう考えて、フローリアの心は深海にまで達するのではないかと思うほど落ち込んだ。

勝ち、負け、ではないが、どう考えてもフローリアには分が悪い。

きっとキリエのことだ。料理さえも満足にできないフローリアと違い、ザナルフを助けながら献身的な妻をこなしていたのだろう。

昼も、夜のベッドでも……。

──ああ、だめだ、だめっ！

やっぱりこんな惨めな感情を抱いたままでは、ザナルフと一緒に寝ることなんてできない。

自分の拙い性技を比べられるのは嫌だ……。

(──ふふふ、私の勝ちね。私の方がザナルフ様を悦ばすことができたわよ)

妄想の中のキリエが勝手に暴走を始めてしまう。

ザナルフは、どんなふうにキリエを抱いたのだろう。

──甘い言葉を囁いた？　愛している……と言った？

彼の指や唇がどんなふうに肌を滑り、自分を高めてくれたのかを思い出し、胸の奥に切ない痛みが込み上げる。

キリエはザナルフに抱かれて、どんな気持ちだったのだろう。

――うっとりした？　天に昇る心地だった？

彼と一つになった時、身体の中に感じる彼はどんな風だった？

フローリアは、これ以上なくどん底に突き落とされた。がっくりと床に膝をつく。

仮初とは言え夫婦だったのだ……、分かってはいても胸に感じる痛みを消すことができない。

きっとまだ宴は続いている。

ザナルフと顔を合わせないうちにアウラのところに行って、今夜はアウラの部屋で寝よう。

船長室を探ると、ザナルフのガウンが置いてあった。

フローリアはそれを手早く羽織って腰ひもを結ぶと、ドアを開けようとノブに手を掛けた。すると、ぐいっと反対側から扉が開かれた。

「きゃ……っ」

勢い余って、ドアごと外に引き出される。身体がぱふんと逞しい胸の中に抱きとめられた。

「――リア、どこに行く？」

ぱっと顔をあげると、そこにいたのはザナルフだった。

「あ、あの――、アウラのところへ、カナルの様子を見に」

「今さっき見てきた。ぐっすり眠っていたよ。アウラももう休むそうだ……」

「じゃ、じゃぁ私も急いで行かなくちゃ――」

ザナルフの脇をすり抜けようとした時、腕を摑まれた。

「どこに行く？」

ザナルフの目は真剣だった。

答えられなかった。答えたら涙が出てしまいそうで。

「具合でも悪いのか……？」

フローリアはぶんぶんを首を振る。今の気持ちを悟られたくはない。

「じゃあなぜ？　こんな夜にどこに行く？」

「…………」

夜だから……。だから、無理なのだ。胸の中に醜い嫉妬を抱えたまま、ザナルフと夜を過ごすのはつらいのだ。

ザナルフが、ふぅっ――と困ったように溜め息をついた。

満足に答えることもできず、子供っぽいと思って呆れたのだろうか？

「――抱きたい」

「――えっ？」

顔をあげたときには、両腕を摑まれ唇を奪われていた。深く重なった唇の熱さに、理性があっけなくほどかれる。

愛し合った記憶は、身体が覚えていた。ザナルフの舌が唇をなぞった時、まるで躾けられた飼い猫のように、唇が薄くひらく。その反応をザナルフも覚えていたのだろう。薄く笑いながら少しお酒の味のする舌が入ってきて、可愛がるようにフローリアの舌を甘やかしていく。

「んっ……」

狂おしいほど求めていた温もりがあるというのに、嬉しさと切なさが綯いまぜになる。ともすれば何も考えず、このままザナルフの香りに浸っていたい。

けれども、こんなふうにお互いの魂を分かち合うようなキスを、キリエとも交わしたのだ。

この一年の間、きっと私とするよりも、はるかに多くの口づけや甘い夜を過ごして来たのだろう……。

そう思ったら自然と涙が溢れてきた。何度も甘く唇を重ねられるたびに、心がきしきしと痛んだ。

分かってはいるのに、だめだった。とうとう嗚咽を漏らして泣きじゃくり始める。

「――フローリア？　いったい……？」

「ご、ごめなさ……、ザナルフ様がキリエにもキスを……、一緒に夜を過ごしたのだと思ったら……、胸が苦しくて……」

「……それは、嫉妬か？」

身体がビクンと揺れた。

キリエはザナルフの命を救ってくれた恩人だ。なのにこんなにあさましい気持ちを抱えていると知られてしまい、その場に突っ立ったまま、ぽろぽろと涙が溢れてくる。

「――おいで」

ふわりと身体が浮いた。大事そうに掲げられ、それだけでも心が苦しくなる。こうしてキリエのことをも、今の自分と同じように抱き上げたのだろうか。

ザナルフは部屋にある広い大きなベッドの上にフローリアを横たえると、すぐさま上から覆いかぶさりぴたりと身体を重ねてきた。向けられた瞳は、どこか燻ったような色を湛えている。

「――リア、誤解のないように言っておくが、キリエとは何もない」

「――何も？」

聞き間違いだろうか……？　夫婦として男女が一つ屋根の下で生活して一年間も何も……性的な触れ合いがないということがあるのだろうか？

「いや……、やはり正直に言おう」

――やっぱり……。

すぐにまた奈落の底に突き落とされる。私を慮（おもんぱか）って偽りを述べただけなのだ。

「キスだけはした……。でも今フローリアにしたようなキスじゃない。唇を軽く触れ合わせただけだ。子供にするキスのような……。ああ、でも俺からじゃない。いつもキリエから……、くそっ」

ザナルフは、唐突に言葉を紡ぐのを止めた。

ぴったりとフローリアの身体に逞しい身体を密着させると、有無を言わさず唇を重ね合わせてきた。ぴちゃ……と淫らな水音が立つ。

深く心に刻みつけるような、思いの丈を込めた口づけだった。

それは、こんなキスをするのはお前だけだ……と伝えているようで。

「記憶がない間、キリエを抱こうとした時もあった。だがダメだった。俺の心の中にはいつも見知らぬ誰かがいた。その愛しい誰かを傷つけたくなかった。俺が愛してやまないのは……」

ザナルフが息を詰め、苦悩を堪えるように言葉を途切らせた。

ああ、ザナルフも苦しんだのだ。なのに私ったら……。

彼の手が震えながらフローリアの頬を撫でた。本当に夢ではないのかと確かめるように。

「フローリア、お前だけだ。俺の心には、いつもお前がいた。お前だけを求めていた……」

ゆっくりと顔が下りてきて、再び唇が触れ合った。

心と心が触れ合うようなキス。どこまでも熱くて優しい口づけに、それまで渦巻いていた嫉妬が、どこかに吸い込まれるように消えていく。

「――リア、お願いだ。お前と一つになりたい。商船の中でも、お前を抱きたくて気が狂いそうだった」

「……んっ」

舌が耳を掠め、喉元を甘くくすぐり、鎖骨を辿っていく。そうして柔らかな胸の膨らみに甘い疼きを残しながらまた唇へと消えていく。

ひとつ口づけられるたびに、南の島で愛された時の甘い記憶がさざ波のように蘇ってくる。

それでも、初めて純潔をささげる乙女のように緊張してしまう。

「――可愛い」

ガウンを解いたザナルフが、フローリアの胸に視線を這わせて微笑んだ。今更ながらにすけすけの下着を着ていた事が思い出されて、羞恥に頬を染める。

「あ、あのこれはっ、アウラがっ……、あの、見ないで。恥ずかしいから……ッん」

胸を隠そうとした手を解かれ、そのまま身体の両脇に縫い留められてしまう。

どこがいけない？　というように瞳を揺らし、透明なシュミーズの上から胸の頂を口に含まれた。

ちゅぷっと咥えられれば、それだけで身体が一瞬で甘く変化する。薄皮一枚隔てた突起が、ぴんといやらしく誘うように勃ちあがり、ザナルフは喉をならして舌先でこりっと弾いた。

「んっ……、ひぁっ……」

快楽を忘れていた身体は、快楽に弱くなっていた。

ほんの少しの刺激にさえ、甘い痺れが全身を駆け抜けていく。

「美味しそうだ。だが、もっと美味しい食べ方を知っている」

ぺろりと舌なめずりをすると、きつく結ばれた胸元のリボンをあっけなく解かれた。乳白色のやわらかな肢体が無防備にさらけ出される。

着ていたのは薄布たった一枚だというのに、それがなくなってしまえば、浅ましく嫉妬していた心の中までも見透かされてしまったようで、泣きたい気持ちになる。

「ごらん、こんなにも美味しそうに色づいて、いやらしく勃ち上がっている」

ほら、というように乳房を押し上げられた。まろやかな房の上で、濃い桃色の突起がつんと仰向いているのが視界に入る。

「可愛い……。俺が愛でて可愛がりたいのはお前だけだ」

すると見せつけるように、唇が蕾に降りてきた。ザナルフの瞳がそっと下を向く。その表情が堪らなく男の色香を感じさせた。

長い舌が伸ばされ、突起をくるむように甘く纏わりつく。コリ……、コリ……、と淫らに左右に転がされてぞわぞわと得もいわれぬ感覚が沸き上がってきた。

「く……、ふぅっ……」

胸の頂から伝わる快感に我慢できずに、くぅんと身体がしなる。くりくりと舌で転がされる感触が堪らない。刺激を与えられた蕾から、じぃんとした疼きが足先にまで伝わっていく。

ひとつ舐められるたびに、甘い疼きが泉のようにこぽりと湧き上がってくる。

「少し舐めただけでコリコリだ。お前のココはずいぶん感じやすくなっているな」

一年もの間、ザナルフから遠ざかっていた。なのにフローリアの肉体は、つい昨日も肌を合わせたかのように敏感になっている。

「こうされるのも好きだろう？」

「ひぁっ……」

イイところはすべて覚えている、というように胸の頂をすっぽりと口に含まれた。懐かしい熱に包まれて、思考が飛んでいきそうになったところで、ちゅうっと吸い上げられた。

「や、あぁぁ――……」

目の前がちかちかしてあっけなく達してしまう。全身の神経が、ザナルフが与える小さな愛撫にさえ、おかしいぐらいに感じてしまう。

――なぜ？

この一年、ずっとザナルフとの甘いひと時は考えないようにしていた。会えない彼を求めて、心が壊れてしまいそうになるから……。甘い思い出を封印し、ひたすらカナルのことだけを考えていた。

——なのに。

いまはただ、ザナルフを感じたい。

こんなにも心が、身体が、ザナルフを欲しがって求めている——。

ザナルフが快感に喘ぐフローリアを愛おしそうに見下ろした。フローリアは、ザナルフの首に甘えるようにそっと手を回す。どちらからともなく引き寄せられ、唇が重ねられれば、そこから甘い水音が生まれてくる。

ちゅ……、ちゅ……、ちゅく……。

気持ちいい……。

ぽっかりと抜け落ちた時を埋め尽くすように、愛おしい気持ちが溢れかえってくる。

全てを食べ尽くさんばかりに絡められた熱い舌が、心地よくてたまらない……。

何度となく教え込まれたキスなのに、まるで初めて経験するような感覚に囚われる。

「お前の味は、俺をおかしくさせる……」

ザナルフはフローリアの口内をたっぷりと味わうと、最後にちゅ……と甘い音を立てて唇を解いた。頭の奥が快楽にふやけてしまい、ぼうっとしてザナルフを見つめる。するとまだまだこれからだよ、というようにニヤリと不敵に笑われた。

ゴツゴツした手。節くれだった長い指。

覚えのあるザナルフの感触が胸から腹を滑り落ち、足のあわいに伸ばされていく。

「あ……、だめ……」

フローリアは、咄嗟に足を閉じようとした。なぜならとっくにそこが潤っていて、それを知られるのがとてつもなく恥ずかしかった。

こんなにも欲情して蜜を零してしまっていることを指摘されたら耐えられない――。

「お、お願い……、そこは……今日は許して……」

口づけでザナルフの想いは伝わった。だから、もう……。

「だめだ。ずっとお前を求めてたんだ」

今にも泣きそうなフローリアをいい子だから……と、宥めながら、秘められた場所に指を伸ばしていく。長い指が秘裂を割ると、それだけでくちゅっと蜜の弾ける音がした。

「いやぁ……」

聞くに堪えない。恥ずかしい……。キスと胸の愛撫ではしたなく蜜を零していたことを笑われてしまう。

なのにザナルフから熱の籠った吐息が漏れ、落とされた艶めいた視線に降参するように身体から力が抜けた。

「嬉しいよ……。ああ、フローリア、こんなに濡れて……。お前も俺を待っていたんだな」

さらに長い指でくちりと割れ目を開かれた。指先で蜜を掬いながらぬるぬると撫でられれば、腰骨がじぃんと熱く疼いてくる。指先が忘れていた快楽を思い出させるように甘く襞をなぞると、感じ入ってひくひくと震えてしまう。淫らにも、もっと触れて欲しいという気持ちが生まれて、切ない火が灯りはじめた。

「ふぅっ……、あっ、そこっ……や……」

「フローリア、久しぶりだから、ココをよく慣らしておかないとな？」

「ひぁん……んっ」

ぬるぬると襞を弄んでいた指が、蜜の溢れる窄まりにつぷつぷと入ってきた。狭い蜜壁がきゅっと締まり、ザナルフの指を喰い締める。肉壁を広げるようになぞられると、忘れていた感覚が込み上げてきた。そうされると気持ちいいということをナカが覚えている。

はじめはゆっくりと馴らすように揺らされていた指が、今度は二本に増やされて熱い蜜壺に沈み込む。

「あっ……あんっ……ぁ、ひぁ……やぁん」

「まだ、狭いな……」

指を根元まで押し込まれ、内壁を押し広げるようになぞられた。久しぶりに蜜洞をゆっくりと出たり入ったりする感触に、教え込まれた快楽の記憶がどんどん引き出されていく。

ザナルフのごつごつした関節の節が、弱くなっている部分を探り当て、そこを執拗に抉ってくる。秘肉に節が擦れて気持ちがいい。ぐりっと指を掻き回されれば、堪らないほどの甘い疼きが込み上げてきて、腰が勝手にくねりだす。久しぶりの圧迫感に恍惚とした吐息が漏れた。

「ふ……、んっ、ザナルフ……、の指が、太くて……」

「太いわけないだろう？　ココにもっと太いものが這入（はい）るんだぞ？」

ザナルフは、にやりと口角をあげた。

ここだよ、と分からせるように奥までぐいっと指を挿入する。

「ひぁっ……」

「俺のはもっと太くて硬かっただろう？　忘れたのか？　すぐにお前をいっぱいにしてやろう」

熱い囁きに、肌が粟立った。

もちろん忘れるはずはない。思い出さないようにしていただけ。独り身ではザナルフの感触を思い出すだけ辛いから……。

「ん……、いい子だ。もう我慢することはない。もっと存分に俺を思い出してみろ」

ザナルフはフローリアの太腿を押し上げて、濡れそぼった秘所や後孔の窄まりまで丸見えにした。羞恥で色づいた秘肉が早くも愛撫を求めてひくひくと戦慄いている。

「ああ、お前は尻も本当に可愛い。みずみずしくてぷりっとしてる。可愛い花びらもとろとろだ」

「やぁっ……、そんな……、見ないで……」

ザナルフはさらに足を思い切り掲げ、丸見えになった秘所を剝き出しにすると、また中指を蜜壺に埋めてきた。

「ひぁんっ……」

口元に笑みを浮かべ奥へ滑る感触を愉しむように出し入れを再開する。挿入されるたびに中が甘く疼いて、快感にお尻をくねくねとのたうたせてしまう。

「そら、気持ちいだろう？　ああ、柔らかくなってきた……。指を入れるたびに蜜が吹きこぼれて美味そうだ」

恥ずかしくて足を降ろしたいのに、力が抜けきってしまっている。

じゅぷじゅぷとたっぷりと秘壺の中を弄んだあと、ゆっくりと指を引き抜かれた時にはほっとした。だが、代わりにザナルフの頭が、いやらしく蜜を垂れ流している窄まりに近づいていく。

「お前の甘い匂いにおかしくなりそうだ。どれ口でも可愛がってやろう……」

伸ばされた長い舌が、蜜壺の入り口をざらりと舐める。

「ひっ、あ……んっ」

一瞬で、腰が砕けてしまいそうになる。ぴちゃぴちゃと淫らな音をたてながら、蜜壺の内側を舌でなぞっては、浅く舌を差し入れる。

敏感な入り口を舌でなぞられる生々しさに、得もいわれぬ甘い愉悦が込み上げた。我慢できずに思い切り腰が浮かび上がる。

それが、尻をまるでご馳走のようにザナルフに差し出してしまっているとも思いもせずに。

ぞわぞわと蠢く舌の感触が堪らない。

物欲しそうに蜜口がひくひくと身悶え、だらしなく蜜を吹き零している。

「久しぶりの俺の舌はどうだ？　もっとたっぷり舐めてとろとろにしてやろう」

「や、はぁ……、あ、くふっぅ……ん」

ザナルフの舌が、まるで生き物のようにぬちぬちと抜き差しされていく。フローリアは我慢できずにシーツをぎゅっと握りしめた。舌が挿入されるたび、淫らな感覚が込み上げ、足が勝手にゆるんでしまう。

花芯がじんじんと痛いほど疼いている。

久しぶりで愛撫に不慣れな身体は、まだどうやって快楽を逃（のが）していいか分からなかった。いきそうでいけない拷問のような甘い快楽に、頭がおかしくなりそうになる。

とうとうフローリアは、ザナルフに懇願した。

「……ナルフッ、なか……、も、やなの……、もっと……上、舐めて……」

もっと強い刺激を感じるところが、じくじくと疼いている。

ザナルフは、満足げにふっと微笑んだ。

「ふ、いい子だ……。お前の可愛い真珠はどうなっている？　ああ、もうこんなになってはみ出してるじゃないか」

フローリアのそこは、せいいっぱいに尖って、存在を主張していたらしい。

可愛い……と呟きながら、ザナルフが肉びらを大きく捲ると、はやく弄れたくて鞘から剝き出しになっていた。

「綺麗な色は変わらないままだ。お前の身体には、極上の桃色の真珠が息づいている」

ザナルフは唾液に塗れた舌で、淫核の形を愛でるようにゆっくりと弄りだす。

「ああ、甘さもこの感触も変わらない。いや、より美味くなっている」

「ひんっ、んぅっ……、はぁ……んっ」

恣にぬめぬめと蠢くさまに、正気を保ってはいられなかった。

淫らな喘ぎ声が漏れ、知らずと口の端から唾液が零れ落ちる。

秘部からは淫猥な蜜の匂いが立ち上り、雄が雌を嬲る音がとめどなく溢れてくる。

じゅる、くちゅ……、ぬちゅ……、ぴちゃ……。

喉を鳴らしながら貪欲に舐め回す音が船室に響き渡り、耳がいやらしく犯されてしまう。

「ああ、柔らかくてどこまで甘い……。お前のココは極上だ。何度味わっても足りないぐらいだ」

まるで発情した獣の雄のようだ。

ザナルフの愛撫は執拗だった。フローリアの秘部を無心になって貪っている。

快楽が強すぎて苦しいぐらいだ。それと同じくらい甘い疼きも湧き上がってきている。

フローリアは思い知った。今まで忘れようと振る舞っていた。でも、自分はこんなにもザナルフに可愛がられたかったのだ。

ザナルフにくまなく愛撫されることがこの上なく嬉しい。もっと淫らに犯されたい。

「ひぁ……んっ……」

腰の奥から灼けつくような快感が込み上げてきた。フローリアは、我慢できずにくふくふと顔と尻を卑猥に打ち揮う。

逃げ場もないまま、巧みな舌にたっぷりと責められて、強烈な愉悦が迫り上がってきた。吸り泣きの合間にはくはくと呼吸するので精いっぱいだ。心臓はどきどきと騒めき、全身が熱く甘く痺れている。

――もうだめ、もうだめ……。

「ん……っ、い、いっちゃ……っ」

あとほんの少しで弾けてしまいそうになった時。

すっぽりと淫核を含まれ唇で押し潰すようにぎゅっと甘噛みされた。

「そら、イけ」

「ひぁっ、ぁんっ……」

ぴゅっ……、と潮が吹き、鋭い快感が脳芯を突き抜ける。襲い来る快楽の波が全身を畝るように駆け巡り、フローリアの身体はあられもなくがくがくと波打った。頭の中が沸騰したように茹ってしまい、何も考えることができない。

「ひっ……、んっ……」

甘い官能の波が身体中を包み込む。こんなに強い快感は初めてだった。ザナルフが、快楽に溺れてひくひくと打ち震えるフローリアの蜜口にとぷりと指を差し入れた。

「ひゃんっ」

「だいぶ柔らかくなったな。ん？　ここに欲しいか？」

まだ絶頂の余韻が抜けきらない中、中指を弱くなった蜜壺に抜き差しされてはもう堪らなかった。

身体の奥がザナルフを求めていた。

――欲しい。

ザナルフの太くて大きいもので、奥まで一杯に満たしてほしい。フローリアは強請るように腰を指に擦り付けた。

「よしよし、可愛い奴だ。指にこんなにしゃぶりついて……」

ぬるっと指を引き抜かれ、その刺激にさえ戦慄く太腿を、今度は大きく割り広げられた。

小さな丸窓から差し込む僅かな月明かりの中、浮かび上がるザナルフの逞しい肢体。交尾を始めんとする雄独特の匂いがぶわりと漂った。

「ほら、フローリア。これが何かわかるか？」

「ひっ……んっ……」

愛撫でぽってりと膨らんだ秘唇に、ザナルフの陰茎がひたりと押しあたる。それを肉びらを捲るように擦りつけてきた。

「どうだ……、ほら……、ほら……、思い出したか？」

膝立ちになり、腰をゆっくりと淫らに前後させ、ぬち、ぬちと卑猥な音を立てながら陰茎を擦りつける。

その質量はこれまでに感じたことがないほど、太くてずっしりと重い。達したばかりの花芽を男根の切っ先でくにくにと嬲り始めた。

「ひぁん……、あ、だめ……、やぁっ……」

強すぎる快楽を受け止めきれずに、フローリアは腰を逃そうとした。それがかえって感じるところをザナルフの陰茎に擦りつけてしまって全身を恍惚の波が襲う。

ザナルフの亀頭も脈打つ肉幹も、熱せられた棒のように滾っている。このままずっと嬲られては、たまったものではない。もういっそのことめちゃくちゃになるほど、奥深くを突いてほしい。

「俺が欲しいか……？　ん？」

ザナルフが欲の籠った目で見つめてきた。フローリアは啜り泣きながらこくこくと懇願する。

「最初はどこに欲しい？　お前のたわわな胸の狭間か？　それとも花びらを擦りながらかけてほしいか？　お前のいいところで精を放ってやろう」

「あ……おく、奥に欲しいの……っ」

「ふ……、堪え性がないな。だが、俺もお前の中に入りたかった」

「ひぅっ……」

力の入らない脚を左右に割り広げられ、腰を高く持ち上げられた。ぐちゅっと音を立てて硬く兆した肉棒を蜜口に沈みこませていく。

「ああ……、天国に連れていかれるようだ……」

ザナルフが感じ入った声を漏らした。

一年もの間快楽から遠ざかっていた身体は、処女のようにきつくなっていた。それでも張り出した亀頭が蜜口をぐりっと引き延ばし、重量感のある熱い塊がぐぷぐぷと押し入っていく。

「ひ……、あ……、んっ……、あぁ……」

「ああ、すごいな……。こんなに絡みついてきて」

あまりの圧迫感に、きゅうんと隘路が引き絞られる。

苦しいのに、みっしりと質量のある太茎に押し広げられる感覚が、堪らなく気持ちい い。じぃんとした熱い愉悦がお腹の奥から込み上げてくる。

「……あ、太い……、奥に……んっ」

どくどくと脈打つ肉棒が奥へ奥へと進んでいくたびに、媚肉がぴくぴくと痙攣する。あまりの太さと長さに、挿入の途中だというのに、極めそうになってしまう。

「ひぁ……、あん……、んぅっ——……」

「中がびくびくしてるぞ。もっと深くがいいんだろう?」

涙目でザナルフを見上げれば、瞳に色気を滲ませながら口角をあげて微笑んでいる。

瞬間、刀身のすべてを身体の奥へと深く沈み込ませてきた。

「ひぃぅんっ——……っ」

ずんっと子宮口を突き上げられ、脳芯が揺さぶられる。欲しかった最奥を埋め尽くされ、叫び出してしまうのではないかというほどの快楽が迸った。

挿れられただけで、達してしまった。

ザナルフに突き刺されたまま快感に悶え、背中がくぅんと仰け反った。

「っ、すごい、ああ、淫らなお前は綺麗だ……」

さらに肉茎を押し付けるように腰を回してくる。ざりっと陰茎の根元の濃い茂みが柔らかな花びらを擦ると、甘い痺れにさざめいた。そこからは、もうわけが分からなくなった。

「そら、離れていた分、たっぷりと俺を味わわせてやろう」

しなやかに伸びる片方の足を高く上げて肩にかけると、太い幹をずるりと亀頭の根元まで引き抜き、馴染ませるようにゆったりと穿ち始めた。

いっぱいに広げられ、ザナルフを咥えこんだ接合部からヌチュ、ヌチュと卑猥な音が立つ。

「ひぁ、あ……っ、あんっ……」

「どうだ？　気持ちいいか？」

長い竿を最奥まで沈めては、ずるりと引き出される感触が堪らない。こんなにもザナルフを奥深くに感じている。穿たれるたびに熱い愛液が迸る。

ずっと求めていたザナルフが、今こうして私の中を激しく掻き乱している……。

「好き……、ああ、ザナルフっ……」

「俺もだよ、可愛い俺の真珠……」

ザナルフの律動が大胆なものに変わっていく。赤黒く血管の浮き出た肉茎をぎりぎりまで引き抜いたかと思えば、容赦なく深く突き上げる。膨れた亀頭でグリリと子宮口を押し上げられ、頭の芯まで揺すられるような抽挿に、心も躰も溶かされていく。

ザナルフの喉から漏れる低く熱い吐息。フローリアの甘えるような啜り泣き。

二人の性交の淫猥な水音が、外に漂う波の音よりも大きくなる。

「ああ、リアっ……、フローリアっ」

グチュグチュと淫らな音を立て、熱棒が猛々しさを増した。蜜で滴る隘路を埋め尽くす太い剛直に、フローリアはなす術もなくただ果てのない嬌声をあげる。

逞しいザナルフの感触に泣きそうになる。

ザナルフを自分の中に感じているということだけで、もう幸せだった。二人の身体が深く繋がり一つに溶け合っていく。

「いい子だ、リア――、可愛い。もう二度とお前を離さない……」

その言葉に胸が詰まって、涙が溢れ出た。

もう二度と、私を一人にしないで……。

大きな悦楽の渦が押し寄せる予感に、蜜襞がきゅっと熱い楔を締め上げた。

「くっ……、そら、奥に射精(だ)すぞっ」

亀頭がぐりっと子宮口にめり込んだ瞬間、ザナルフの肉胴が膨れ上がり、びくびくと大きく脈打った。

「ふぁんっ、あぁっ――……」

目も眩むような絶頂の波に呑まれたとき、どくりと白濁が吹きあがり、熱い飛沫がどぷっどぷっと勢いよく流れ込んできだ。恍惚の波がフローリアの身体いっぱいに広がって隅々まで満たしていく。

「ふっ……、うぅっ……、ザナ、ルフ……っ」

幸福感が強すぎて、ザナルフにしがみついたまま泣きじゃくってしまう。

「よしよし、気持ちよかったか?」

快感の余韻にすすり泣くフローリアをザナルフはぎゅっと抱きしめた。繋がり合ったまま、熱くて逞しい身体に甘えるように身を摺り寄せる。

ちゅ、ちゅ……と頬や唇に口づけされ、髪を柔らかく指で梳かれれば、次第に快感が心地よく凪いできた。

「リア……、可愛い。お前がもっと欲しい……」

ザナルフがずるりと陰茎を引き抜き、蜜と残滓に塗れた男根をフローリアの唇に近づけた。

あまりの淫猥な様相に、くらくらする。ザナルフは独占欲も露に淫らに囁いた。

「ほら、ご褒美だ。お前の蜜と俺の精がたっぷりと纏わりついている」

淫猥で濃厚な雄の香りがつーんと漂い、フローリアの思考を麻痺させる。ごくりと喉を鳴らして、白濁と蜜に塗れたとろとろの肉棒に唇を近づけた。

小さな赤い舌を伸ばし、ゆっくりと味わうように亀頭に這わせて、満遍なくその形を鰯り始める。舌を這わすたびに、ほのかな甘さと雄独特の苦みがとろとろと舌の上に広がっていく。

「いいぞ……、ああ、お前は舌の感触も極上だ。まるでビロードのように気持ちがいい」

「ふっ……、あぁっ……」

膨れ切ったエラが舌の表面に擦れて得も言われぬ快感が湧きあがる。ザナルフからも艶めいた吐息が漏れると嬉しくなった。

ああ、ザナルフ様の雄を愛でているのだわ……。

吐精したばかりだというのに、熱い肉棒は硬くそそり立ちがちがちに漲っている。なんて逞しい男根なのだろう。

淫らな造形の亀頭も、脈打つ太く硬い肉竿も、何とも言えず愛おしい。

ザナルフの雄が、自分をこんなにも可愛がってくれたのだ。

フローリアは、小さな舌を伸ばしぴったりと肉竿に這わせて、滴る白蜜を掬うように根元から舐め上げる。熱い亀頭を口の中に含んで、ザナルフの雄をたっぷりと堪能すると、肉竿がはち切れんばかりに膨れ上がった。

ザナルフの喉から漏れ出る感じ入った呻きに、フローリアの身体もまた熱くなる。

「ん、いい子だ……、もっと欲しいだろう。俺の精をどんどん中に注いでやる」

「あっ……、ひぁん……」

そうしてザナルフは、ふたたびフローリアの奥深くに沈み込み、夜明け近くまでたっぷりと睦みあった。

＊　　＊　　＊

「わぁ……、なんて綺麗な星……」

見渡す限り、星屑をちりばめたような暁の空が広がっている。

あと一刻ほどで夜明けという頃だろうか。

「だろう？　ここは俺の船でも一番眺めのいい場所だ」

もうすぐ空が白み始めるころ、ザナルフはフローリアを船上で最も高く聳える帆柱（マスト）の上にある檣楼（しょうろう）に連れてきた。

ザナルフがどうしても見せたいとっておきの場所がある、といって連れてこられたのだが、たっぷりとほぼ一晩中愛されたおかげで、フローリアの足腰は梯子を上れるほどの余力はない。

そのため、ザナルフがフローリアをおぶって、ここまで登ってきたのだ。

ザナルフは片手でひょいひょいと手慣れた様子でシュラウドと呼ばれる梯子を昇りつつ、もう片方の手でフローリアのお尻を撫でるという余裕を見せる。あまつさえ、可愛いお尻だ、と茶化すものだから、危うくザナルフに掴まる手を離しかけた。

――もう、ザナルフは全然変わっていない。自由気ままで強引だ。

それでも、そんなザナルフが愛しかった。

檣楼の上は、半円形の見張り台になっており、大風でも見張りが落ちないように手摺もある。大人の男が、二、三人は乗り込めるほどの広さだ。

「ほらごらん、あれが南十字座だよ。真南にあるから、船乗りたちはあの星を目印にしている」

ザナルフがフローリアの背後から覆いかぶさるようにして、その星を指さした。

「南十字座は、俺にとってのフローリアだ。これから、幾度も航海に出るだろう。だが、俺は南十字座をフローリアだと思って、それを頼りにお前の元に必ず帰る。お前は常に俺の帰る居場所だ」

「ザナルフ……、私も島から見上げる南十字座をあなただと思います。見上げたとき、あなたは常に私の上に輝いています」

離れ離れの間、二人の魂はずっと繋がっていた。これからもそれは変わらないだろう。

ザナルフは背後からぴったりとフローリアを抱き、その腕の中に深く閉じ込める。

二人は瞳を甘く交し合い、暁の星のもと、この世で一番幸せなキスをした。

星たちが見つめる中、たっぷりとキスをしてから二人は甲板に降り立った。ザナルフは船首楼に用事があるからと言って、フローリアを船室まで送ってくれると言ったが、その申し出をフローリアは断った。

先ほど、南十字座を見上げながら交わしたキスの余韻にまだ包まれていたかった。それに身体が熱く火照っている。このまま甲板で涼みながらザナルフを待つと伝えると、あからさまに不審な顔をされた。

「――リア、お前はぼうっとしているから、また海にでも落ちたら……」

ひどい言われようだ。たちまちぷぅとフローリアの頬が膨れる。

「もう、そんなこと起こらないわ。ここにいるだけよ。夜が明けるのをここで見ていたいの」

頑固そうなフローリアに、ザナルフはやれやれと肩を竦めて、じゃあ、少しの間動かないで待っているようにと念を押して船首楼に向かっていった。

フローリアはザナルフを見送ると、まだ明けきらない空を仰ぎ見た。

フランツとの船旅で、ザナルフと出会ったのは運命だった。あの帆船に降り立った青鷺が、私をここに、ザナルフの元に導いてくれたのだ……。

「ようやく、これから幸せになれる……」

フローリアが幸せを噛みしめるように目を瞑ると、背後でぞっとするような声がした。

「フローリア、見つけたよ。やっぱり生きていたんだね」

耳元で、しわがれたような声がした。するとフローリアの身体を這うように気味の悪い手の感触が伝わってきた。とたんに全身に悪寒が駆け抜けた。

「死んだなんて嘘をついていたんだね。僕はすごく嘆き悲しんだのに……。君を失ったと思って気が狂いそうだった。なのに君は野蛮人とこうして船に乗っている。またあんな男に脚を開いたりして……。いけない子だね」

――何かがおかしい。フランツがくつくつと薄気味悪い笑いを漏らしている。

「あの野蛮人はそんなに良かった？　ああ、この胸もたっぷりしゃぶられていたね。ずっと窓から見ていたんだよ……」

ねっとりと這い上がった手に両胸を包まれて、ぎゅっと揉みしだかれた。あまりの痛さに涙が出る。

「やっ、やめてっ！　どうしてここにいるの……？　ザナルフの船に」

「おばかさんだね。もちろん、君を助けに来たんだよ。さぁ、一緒に帰ろう。ぼくは自分のものを盗まれるのは許さない。君を連れ帰って、美しい人形のように飾ってあげよう。今度こそどこにも逃げて行かないように」

耳を疑うような言葉に驚愕する。

もしかして、精神を病んでるの？

――怖い。逆らえば殺されてしまうかもしれない。

フローリアはフランツの片手にあるものを見て、ぎょっとした。

そこにはぎらりと光るナイフが握られている。

「ねぇ、フローリア。僕があげたエメラルドの指輪はどうした？　なぜそんな真珠の指輪をしているんだ？」

「エメラルドの指輪はお返ししたはずよ……。これは……、私の大切な指輪なの……」

「あいつからもらったものだな⁉　僕は許さないぞっ！」

「あ……っ」

憤怒の形相でフローリアの指から真珠の指輪を引き抜くと、甲板からはるか遠くの海に向かって投げ捨てた。

「さぁ、こっちにくるんだ！」

「いやぁっ……！」

フローリアの手をぐいと引いて船首に向かう。ザナルフは船首楼にいるはずだ。ここは甲板だから、部屋の中にいるザナルフに気づいてもらえないかもしれない。

「声を出すんじゃない」

フランツはナイフを見せて、ひらひらと振った。ちょっとでも機嫌を損ねたらたちまち刺されてしまいそうだ。

「ど、どうやって帰るの？　他に、ふ、船がないもの……」

「船なんか必要ないよ。二人で泳いで帰るんだから」

なにをバカなことを言っているんだというように向けられた眼差しには、紛れもなく狂気の色が浮かんでいた。

――狂っている。

フローリアの足は、がくがくと震えだした。

それでもかまわずに、フランツはぐいぐいとフローリアを引っぱって行く。舳先に長く突き出した丸太のところまで引き摺られると、どんっ、と背中を押し出された。

「きゃっ……！」

すんでのところで張り出していたロープに掴まった。

「これでようやく帰れるぞっ！　フローリア、先に行け！　その丸太の先から海に飛び込むんだ！」

「わ、私……、泳げないの……」

「ああ、可愛いフローリア、大丈夫だよ。僕がついている。ちゃんと泳いで国に連れて行ってあげるから。ぼくは水泳が得意なんだよ」

ほら、はやくして、と背中にナイフを突きつけられた。

おそるおそる張られたロープに掴まりながら丸太の上を進んでいく。すぐ後ろにはフランツがついてきている。

真下には、大海原が広がっていた。きっとマグメル島の近くを航海しているのだろう。あちこちに大小の潮が渦巻き、たとえ泳げたとしても渦に呑み込まれて死んでしまう。

「ここから飛び込んだらきっと死んじゃうわ。お願い、船で帰りましょう?」

「あんなに酷い船酔いをしていたじゃないか。君につらい思いをさせたくないんだよ」

「だ、だいじょうぶよ。船に慣れたせいか、もう船酔いはしないの。そうだ、ザナルフに言って、この船で国に帰してもらいましょう？」

なんとか宥めようと思っていった言葉が逆効果だった。フランツの顔が途端に恐ろしい形相に塗り替えられる。

「なんだと！　俺よりそんなにあの男がいいのか？　フローリア？　さぁ、さっさと飛び込め！」

狂気に満ちた目でフランツが迫ってきた。

——突き落とされる！　と思ったとき、フランツの背後からザナルフが忍び寄った。

「当たり前だ！　帰るならひとりで行け！」

足でフランツを思い切り蹴り飛ばした。うわぁ——とフランツが声をあげたときには、その身体が丸太から離れ、眼下の波に呑まれて海中に跡形もなく消えて行った。

途端に、あたりに夜明けの静寂が戻る。

まるで何事もなかったように、やわらかな潮風が頰を撫でている。

ザナルフは、フローリアの無事を確認すると、ほう……っと溜め息を零した。

「フローリア、もうお前を船に乗せたくない。俺の命がいくつあっても足りない」

「だ、だって……、私のせいじゃないもの……」

「ああ、そうだな。俺が悪かった。ほら、こっちにおいで」

そう言われたものの、今更ながら足が竦んで動けない。手はロープに、足は丸太にくっついてしまっている。脅されていたとはいえ、よくここまで一人で進めたと感心する。

「あ、足が……動かないの。手も」

ザナルフは苦笑すると、丸太の上を軽やかに歩き、ひょいとフローリアの身体を抱き上げた。

「手のかかる鸚鵡の姫だ。だが、俺にとっては命よりも大切な人だ。必ずお前を守ると誓ったからな」

「ザナルフ……、ごめんなさい……。フランツに真珠の指輪を投げ捨てられてしまったの……」

「かまわないさ。俺の大切な真珠は、この腕にある。フローリア、お前が俺に永遠の輝きを与えてくれる真珠だよ」

ザナルフがフローリアを抱く手に力を込めたとき、船の行く手を照らすように太陽が昇ってきた。

舳先の向こうには、朝日に輝くマグメル島の島影（しまかげ）が浮かび上がっていた。

エピローグ

「ねぇねぇ、おかーしゃま。はい……」
フローリアは、二歳と少しになった我が子、カナルとともに砂浜を散歩していた。
黒い髪、紺碧の瞳はまるでザナルフに生き写しだ。それがとても嬉しくもある。
カナルは手にいっぱいの貝殻を夢中で拾っている。その中から小さな丸い粒を見つけて
フローリアに差し出した。
「これ、きれい。おかーしゃまに、あげゆ」
手渡されたのは、大粒の真珠が輝く指輪だった。フローリアは驚きに目を瞠る。
これは、あの真珠だ。
ザナルフが、私にくれた真珠――。この島の伝説、海に眠る真珠だ……。
ザナルフから私、キリエの手に渡り、海を越えてフローリアの故国にやってきた。
そしてフランツによって船の上から投げ捨てられてしまった。
その真珠の指輪がこうして、私の手元に戻ってきたのだ……。
なんという運命のめぐり合わせだろう。

ふいに市で見かけた不思議なおばあさんの言葉を思い出してはっとした。

——お前さんの元に真珠が戻った時、永遠の幸せが訪れる。

確かにおばあさんのいう通りだ。今は幸せで一杯だ。

フローリアは、小さな我が子の手を握って微笑んだ。

「カナル、ありがとう……。真珠はね、貝に包まれて海の底に眠っているのよ。だから、この真珠も海に還してあげましょうね」

浜辺の散歩のあと、フローリアはカナルを連れてあの岬に来た。ザナルフのお気に入りの岬だ。

切り立った崖の端には、あの日と同じようにユウナの花が風に揺れている。

カナルはといえば、早速、柔らかな叢(くさむら)に寝転び、拾った貝殻で夢中になって遊び始めていた。

——この岬にも、久しぶりに来たわ。

フローリアはあの日と変わらない光景に胸を熱くした。

この岬に来ると色んな事が思い出される。

海風が育んだ褐色の逞しい胸に抱かれた甘いひとときを。

ザナルフの深い深い海の奥底のような瞳が、優しく私に降り注いでいた。あの日、永遠の愛を囁きながら真珠の指輪を捧げてくれた。

ザナルフが私のために海に潜って採ってきてくれた真珠。

――それでも。


この真珠は、この島の海で永遠の眠りにつきたいのだろう。

だからきっと私の元に、こうして舞い戻ってきたのだ。

フローリアは岬の端に歩いて行くと、思い切って真珠をぱっと海に向かって放った。

切り立った岬の先端から、舞い散る花びらのように小さな真珠が落ちていった。

静かな海に、パシャーンという波の弾ける音が響き渡る。

まるで海が待ちわびていたかのように真珠を呑み込み、深い海の底に誘っていった。


「ねぇ、おかあしゃま……、もう、かえろ。おとうしゃま、まってゆ」

「うん、そうね、帰りましょうか！」

フローリアはにっこりと笑うとカナルの小さな手を握って、城に戻った。

ザナルフは航海を終え、ちょうど今朝島に戻ったばかりだ。

ひと月ほど前、ばば様からザナルフに手紙が届いた。ばば様が取り持ちザナルフが亡くなったラナンクルス王国王妃の息子であり、正当な世継ぎだということを、王妃がばば様に託した手紙で証明したそうだ。

フランツが亡くなった後、フランツの弟である王子が後継ぎとなったが、父王はフランツのしたことを詫び、王妃の子であるザナルフに正式に王家を継いでほしいと打診したのだ。

ザナルフは自分の出生の真実を知り、たいそう驚いた。

だがザナルフは、マグメル島の王としてラナンクルス王国を訪問し、その申し出を正式に断った。

その航海から急いで戻ったザナルフは、寝ずの航海が続いたためか、まだぐっすりと休んでいる。

「おとうしゃま……！」

カナルが寝室に駆け込むと、寝台を上ってザナルフに飛びついた。

「ん……、カナル、相変わらずやんちゃだな。どれ顔を見せてくれ」

カナルはザナルフの顔を覗き込んで、おとうしゃま、だいすき、といってほっぺにちゅっとした。

「何を突っ立ってる？　ほら、フローリアもおいで」

ザナルフが布団の上掛を捲り上げた。

フローリアは一瞬躊躇したものの、布団に潜り込むとザナルフの裸の胸に寄り添った。

ああ、懐かしい熱くて逞しい肌。どくどく……という力強い鼓動をそばで聞くのは久しぶりだ。

とくんと甘えるように胸が鳴る。

「あ、あの、ザナルフ、ラナンクルス王国はどうでした？」

「うん、正直そうな第二王子が後を継ぐだろう。俺には性に合わない。俺の故郷はマグメル島だ。それに大切なものがここにある」

　ふいにぎゅっと引き寄せられた。

「――リア、可愛い、俺の真珠……」

　カナルがいるのも構わずに、熱い唇を重ねてきて、甘く口づけられる。

「んっ……」

「――リア、フローリア、お前が欲しい……」

　さらに口づけが深くなる。ぴちゃ……と水音が立ち、乳房を大きな手で覆われた。

　寝ぼけているのだろうか……？

「んっ、だめ……、カナルが……」

「あ――！　じゅるい！　ぼくも、おとうしゃまのおくちに、ちゅーするっ」

　カナルがザナルフの背中をよじ登って、二人の間に割って入った。

　フローリアはくすくすと笑う。

「――ああ、まったく……。長い航海から戻ったというのに、フローリアを堪能できない」

「ふふ、だってカナルは、世界で一番お父様が大好きなのだもの」

「おい、いたずらっ子、ほら、おまえはこっちだ」

　ザナルフはカナルを右腕に、フローリアを左腕に抱きしめてぎゅっと包んだ。

　そしてフローリアにそっと甘く囁いた。

「――リア、今夜、しよう。とろとろにして、たっぷりお前を可愛がりたい。俺の大切な

「真珠……」

「――……っ」

フローリアは、耳まで真っ赤になった。

カナルがまだ言葉をそんなに理解していなくて、ほっとする。こんな風に誘われては、夜まで気が持たない。

それでも愛しい人の鼓動を聞いていると、いつのまにか睡魔が訪れた。

窓の向こうに広がる青い海、やさしくさざめく波の音。

幸せな時のしじまに三人の寝息が静かに奏でられていく。

それはすやすやと、気持ちよさげに潮風のなかに溶けていった。


――その夜のこと。

「やだぁ――、ぼく、おとうしゃまとおかあしゃまとねる！　アウラなんかやだ！」

「カナル様、そんなふうにアウラを嫌うなんて悲しいですわ」

アウラは、どうしてもザナルフとフローリアと寝る、といってきかないカナルを宥めるのに苦労した。

なぜなら、二人は夕食も食べずに部屋に引き籠ってしまったのだ。正確には、大広間で夕食を取ろうとしたフローリアをザナルフが拉致していったのだ。

召使いたちは、誰もがいつものことだと含み笑いを零していた。

二人の寝室からは、夜明け近くまで甘い吐息がさざ波のように寄せては返していたという。

FIN

あとがき

皆様、こんにちは。月乃ひかりです。

ムーンドロップスレーベル様で三作目となる本書をお手に取っていただいて、ありがとうございます。なんと前作の「軍神王の秘巫女」に続いて、石田恵美先生に素晴らしい表紙を飾っていただき、挿絵を描いて頂けました。前作は泉、今回は海が舞台となっておりますが、石田先生の素晴らしい世界観が表紙からも炸裂しています！　表紙のザナルフは、まるで身体に刻まれた羽の文様が美しい衣装のように見えました。この表紙の場面は、フローリアが故国に連れ戻される前の至福の時を過ごしていた場面なのか、それともマグメル島に戻った二人なのか、二人の表情から私も妄想を滾らせています。改めまして、美しいイラストを描いて頂きました石田恵美先生に心からの感謝を申し上げます。

このお話の舞台となった南の島のマグメル島ですが、ケルト神話に出てくる「マグ・メル」という死者の国をモチーフにいたしました。ウィキペディアによると、死者の国でありながら喜びがあふれる天国のような場所でもあり、海中の王国とされている島で、死後の世界ではなくエデンの園のような場所であり、神の啓示を受けた者が行くことができるとされた——とあります。島の名前をどんな名前にしようかと、色々な神話の本を漁りまして、マグメルという名前を見つけたときには、これだっ！　と思いました。実は、すごく不思議なことがあって、青鷺の神の化身としてのヒーローを思いついたとき、ちょうどＳＮＳで木の上に留まっている青鷺から虹が伸びている写真を見かけました。私にとっても神の啓示を頂けたような（笑）お話になりました。波乱万丈あって結ばれる二人の陰で、キリエも涙しますが、どんなに好きな相手でも振り向かせることって難しいですよね……。キリエにも彼女だけを愛してくれる人が現れてくれるといいなと思います。

こちらのお話は実は、前作の軍神王の前にプロットを編集者様にお渡ししたものですが、その後、軍神王のお話が降ってきて先にそちらを書きましたので、一年寝かせた分、とてもコクが出て充実させて書き上げることが出来たかなと思います。社会情勢の大変な中、丁寧にご校正くださり、細やかにご教示くださいました編集の方々に心からお礼申し上げますとともに、出版に関わってくださったすべての皆様に感謝申し上げます。

なにより、お手に取ってお読みくださった読者様にありったけの感謝と、少しでも南の島の情景など思い浮かべていただき、幸せな気持ちに浸っていただければ幸いです。早く社会情勢が落ち着いて、心から楽しめる日が来ますよう切に願っています。

月乃ひかり

□イラスト設定画□

石田恵美先生によるキャラデザイン。

ザナルフの腕に乗っているのは大活躍する鸚鵡の「ラキ」。王女様らしいドレス姿のフローリア。可憐です。フランツ王子、性格は最悪ですが見た目は麗しい！

ザナルフ

兎山もなか――――――――――――――――――――
異世界で愛され姫になったら現実が変わりはじめました。

吹雪歌音――――――――――――――――――――
舞姫に転生したＯＬは砂漠の王に貪り愛される

葉月クロル――――――――――――――――――――
異世界の恋人はスライム王子の触手で溺愛される

日車メレ――――――――――――――――――――
墓守公爵と契約花嫁　ご先祖様、寝室は立ち入り厳禁です！

真宮奏――――――――――――――――――――
狐姫の身代わり婚 ～初恋王子はとんだケダモノ!? ～

御影りさ――――――――――――――――――――
ヤンデレ系乙女ゲームの悪役令嬢に転生したので、推しを監禁しています。
少年魔王と夜の魔王　嫁き遅れ皇女は二人の夫を全力で愛す
次期国王の決め手は繁殖力だそうです

椋本梨戸――――――――――――――――――――
怖がりの新妻は竜王に、永く優しく愛されました。

★著者・イラストレーターへのファンレターやプレゼントにつきまして★
著者・イラストレーターへのファンレターやプレゼントは、下記の住所にお送りください。いただいたお手紙やプレゼントは、できるだけ早く著作者にお送りしておりますが、状況によって時間が掛かる場合があります。生ものや賞味期限の短い食べ物をご送付いただきますとお届けできない場合がございますので、何卒ご理解ください。
送り先
〒160-0004　東京都新宿区四谷3-14-1　UUR四谷三丁目ビル2階
(株) パブリッシングリンク
ムーンドロップス 編集部
○○（著者・イラストレーターのお名前）様

蒼き海の秘(ひめ)ごと
～蛮族の王は攫われ姫の甘い海に沈む

２０２０年８月１８日　初版第一刷発行

著……………………………… 月乃ひかり
画……………………………… 石田惠美
編集…………………… 株式会社パブリッシングリンク
ブックデザイン……………… 百足屋ユウコ＋モンマ蚕
（ムシカゴグラフィクス）
本文ＤＴＰ…………………… ＩＤＲ

発行人………………………… 後藤明信
発行…………………………… 株式会社竹書房
〒102-0072　東京都千代田区飯田橋２－７－３
電話　03-3264-1576（代表）
03-3234-6208（編集）
http://www.takeshobo.co.jp
印刷・製本…………………… 中央精版印刷株式会社

ISBN978-4-8019-2375-1　C0193
Printed in JAPAN